# FÁBULAS
# ÁRABES

# FÁBULAS ÁRABES

## DO PERÍODO PRÉ-ISLÂMICO AO SÉCULO XVII

SELEÇÃO, TRADUÇÃO E POSFÁCIO DE **MAMEDE JAROUCHE**
ILUSTRAÇÕES DE **SANDRA JÁVERA**
APRESENTAÇÃO DE **MARINA COLASANTI**

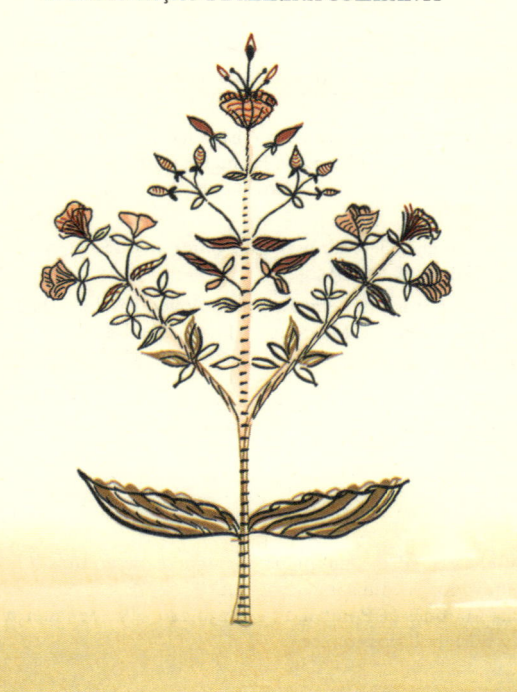

**GLOBINHO**

Editor responsável: Lucas de Sena
Assistente editorial: Jaciara Lima
Preparação: Erika Nakahata
Revisão: Jane Pessoa e Renan Castro
Projeto gráfico: Raquel Matsushita
Diagramação: Entrelinha Design

CIP-BRASIL. CATALOGAÇÃO NA PUBLICAÇÃO
SINDICATO NACIONAL DOS EDITORES DE LIVROS, RJ

F122
Fábulas árabes: do período pré-islâmico ao século XVII /
seleção e tradução Mamede Jarouche; ilustração Sandra
Javera. - 1. ed. - Rio de Janeiro : Globinho, 2021.
        160 p. : il.

        Tradução de: Manuscritos e obras diversas
        ISBN 978-65-88150-26-9

        1. Contos. 2. Literatura infantojuvenil árabe. 3. Fábulas
árabes. I. Jarouche, Mamede. II. Javera, Sandra.
21-72118                            CDD: 808.899282
                                    CDU: 82-93(53)

Camila Donis Hartmann - Bibliotecária - CRB-7/6472

1ª edição, 2021

Direitos de edição em língua portuguesa para o Brasil
adquiridos por Editora Globo S.A.
Rua Marquês de Pombal, 25 – 20230-240 – Rio de Janeiro – RJ
www.globolivros.com.br

«فإذا احتنك الحدث واجتمع له أمره وتاب عقله، وتدبر ما كان حفظ منه، وما وعاه في نفسه، وهو لا يدري ما هو، عرف أنه قد عثر من ذلك بكنوز عظام».

عبد الله بن المقفع

Quando o jovem ganhar experiência e compreender enfim o que tiver lido e assimilado neste livro, saberá então que descobriu nele grandes tesouros.

Ibn Almuqaffa'

## SUMÁRIO

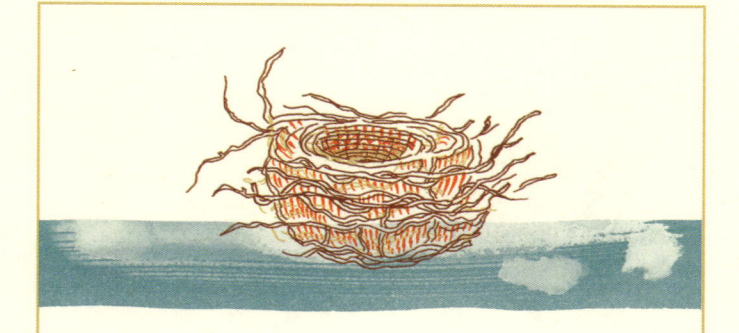

## SEGUNDA PARTE
### Fábulas encadeadas e independentes

**Fábulas e máximas de Luqmān**

## Marina Colasanti

O conto dos três porquinhos poderia perfeitamente ter se originado de uma fábula árabe: tem três porcos e um lobo, personagens recorrentes nas fábulas. Mas, embora muito antiga, pertence ao folclore inglês. E quem pode detectar, com absoluta certeza, a origem de um conto de folclore transmitido há séculos de boca em boca? Pode ter sido trazido por boca de viajante, que o ouviu de outra boca, e de outra e de outra. Assim, sem passaporte que indique o país de origem, as histórias viajam.

As fábulas, gênero com animais falantes e humanizados, embora sem perder as características que lhes atribuímos, constituem um estupendo atalho narrativo. Saem de cena as longas descrições iniciais de que necessitaríamos para caracterizar seres humanos. E entram animais tipificados. A raposa é ladina, o lobo é sanguinário, o macaco é esperto, o pássaro é livre, o coelho é veloz, a tartaruga é lenta, o porco é sujo, e o leão é o rei dos animais. Não importa se o lobo é criatura muito familiar, se a raposa está longe de ser artimanhosa, se a chita é bem mais veloz que o coelho, se o pássaro está atado ao voo como os humanos ao chão, e se o leão não foi coroado pela mãe Natureza como rei dos animais — pois quem caça é a leoa. O que interessa é como os vemos. E como se identificam conosco e com nossas atitudes.

O que se quer com as fábulas é transmitir um ensinamento, seja de forma subliminar, seja de forma direta, fechando com uma moral. Assim, na primeira parte desta coletânea, algumas morais se inserem sob a forma "Costumava-se dizer" ou "Já se dizia", eventualmente dando um reforço ao ensinamento com "Também se dizia".

A estrutura das fábulas é simples. Colocam-se em conflito dois animais diferentes, simbolizando as humanas diferenças impostas por temperamento e emoções, sem nenhuma relação com cor da pele ou feitio dos olhos. Para isso servem as tipificações. Ou mesmo três animais, dois deles aliados contra um terceiro. E resolve-se o conflito ou pela força ou, mais comumente, pela argúcia. O ensinamento está dado, e a moral posta ao fim só serve para torná-lo mais explícito. ●

# Primeira PARTE

## FÁBULAS ESPALHADAS POR OBRAS DIVERSAS

## OS PASSARINHOS E O ANCIÃO[1]

Existe uma história na qual se conta o seguinte: um ancião montou uma armadilha para passarinhos, mas eles acharam aquilo meio estranho. Assim que algum passarinho caía na arapuca, o ancião ia até lá para recolhê-lo, quebrando as asas do animal e jogando-o dentro do seu cesto. Porém, como fazia muito frio, os olhos do ancião lacrimejavam por causa das rajadas de vento que atingiam o seu rosto. Os passarinhos, então, se consultaram a respeito daquilo e disseram: "Não há perigo, pois esse é um velho bom e piedoso, cujas lágrimas escorrem com facilidade!". Mas um dos passarinhos gritou: "Não olhem para as lágrimas nos olhos do velho, mas sim para o que as mãos dele estão fazendo!".

## O GALO E O FALCÃO[2]

Conta-se que o falcão disse ao galo: "Ninguém é mais desleal do que você!". O galo perguntou: "Como é isso?". O falcão respondeu: "Os seus donos o acolheram desde o ovo, do qual você saiu para ser bem tratado e alimentado, crescendo então entre eles, e quando ficou grande passou a não deixar ninguém chegar perto. Se alguém tenta se aproximar, você voa para lá e para cá, arma um grande escarcéu e grita! Quanto a mim, fui recolhido nas montanhas já velho, e então eles me adestraram e domesticaram; quando me soltam, colho a minha caça no ar e a levo ao meu dono". O galo disse: "Esse argumento não vale! Se você tivesse visto nos espetos dos homens tantos falcões quanto eu vi galos, você seria ainda mais agressivo do que eu!".

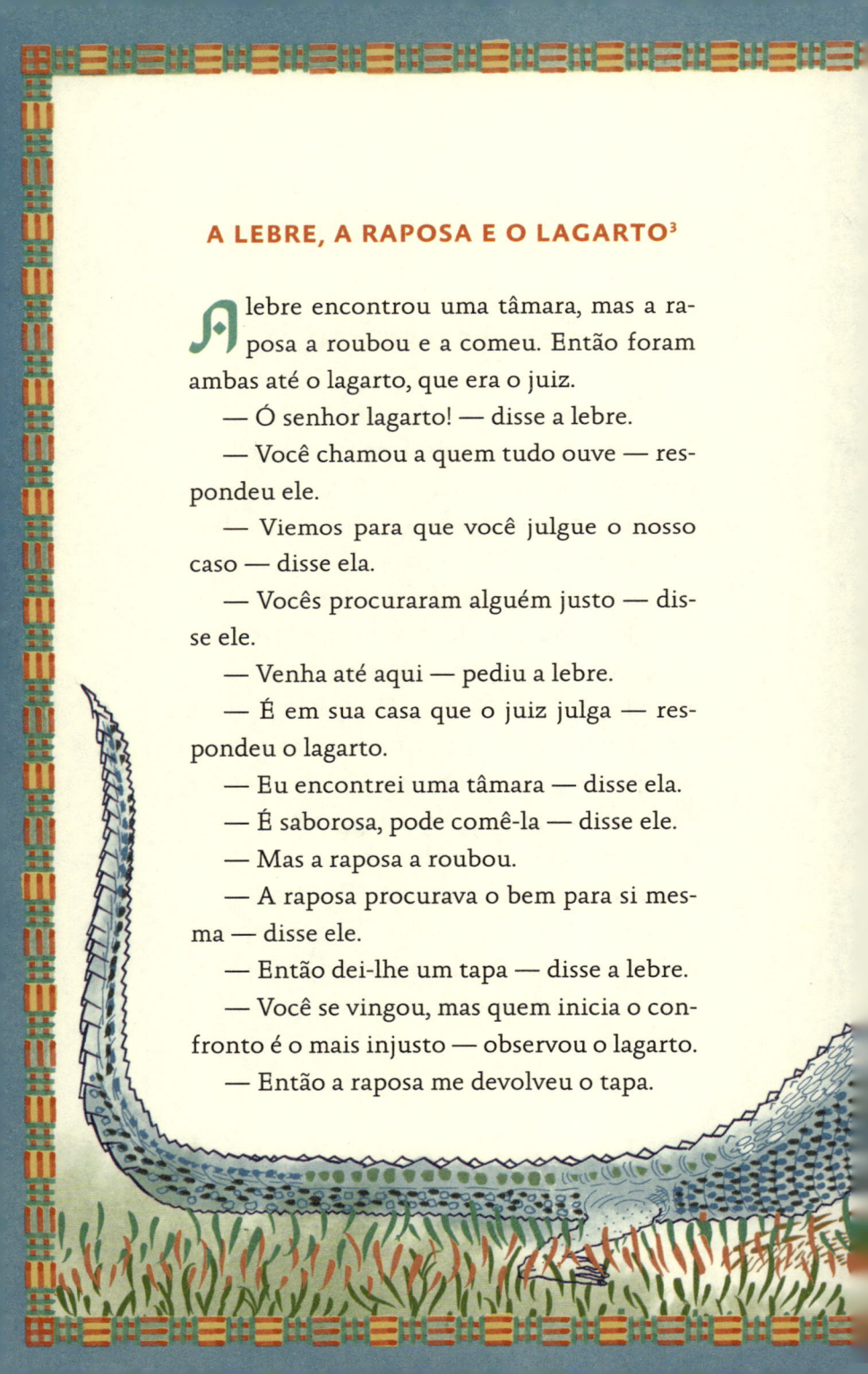

## A LEBRE, A RAPOSA E O LAGARTO[3]

A lebre encontrou uma tâmara, mas a raposa a roubou e a comeu. Então foram ambas até o lagarto, que era o juiz.

— Ó senhor lagarto! — disse a lebre.

— Você chamou a quem tudo ouve — respondeu ele.

— Viemos para que você julgue o nosso caso — disse ela.

— Vocês procuraram alguém justo — disse ele.

— Venha até aqui — pediu a lebre.

— É em sua casa que o juiz julga — respondeu o lagarto.

— Eu encontrei uma tâmara — disse ela.

— É saborosa, pode comê-la — disse ele.

— Mas a raposa a roubou.

— A raposa procurava o bem para si mesma — disse ele.

— Então dei-lhe um tapa — disse a lebre.

— Você se vingou, mas quem inicia o confronto é o mais injusto — observou o lagarto.

— Então a raposa me devolveu o tapa.

— A raposa é livre para se defender — disse ele.

— Julgue o nosso caso! — pediu a lebre.

— Já julguei! — concluiu ele.

É por causa desta história que as pessoas dizem o seguinte provérbio: "Quando o ouvinte não entende duas histórias, não vai adiantar contar quatro; o melhor é deixar para lá".

## O PORCO E O LEÃO[4]

Um leão encontrou um porco, que lhe disse: "Venha lutar comigo!". O leão respondeu: "O problema é que você é um porco. Não se ombreia comigo nem é meu semelhante. Tão logo eu faça o que você está pedindo e o mate, vão dizer: 'O leão matou um porco!'. Não creio que isso constitua algum motivo de orgulho nem consista num feito memorável. Se, por outro lado, você me atingir de uma forma qualquer, mesmo que mínima, isso será uma grave ofensa para mim". O porco retrucou: "Se você não lutar comigo, vou correndo avisar aos outros animais que você se acovardou e fugiu de mim". O leão respondeu: "Ainda assim, a possibilidade de uma vergonha dessas é mais suportável para mim do que sujar os meus bigodes com o seu sangue".

## O CAVALO, O ANTÍLOPE E O SER HUMANO[5]

Um cavalo foi incomodado em seu pasto e desafiado por um antílope. A vida desse cavalo se tornou tão amarga e infeliz que ele se refugiou na companhia de um ser humano, a quem pediu apoio e ajuda, dizendo: "Você gostaria de me salvar das garras desse antílope?". O ser humano se propôs a tratá-lo bem, com a condição de que o cavalo permitisse a colocação de rédeas na sua boca, e de que o homem lhe montasse o dorso com uma vara na mão. Ao aceitar tais condições, ocorreu ao cavalo algo bem pior do que o antílope.

## O CASAL DE POMBOS[6]

Um casal de pombos ajuntou bastante trigo e cevada, depositando tudo em seu ninho, que estava verde e ficou cheinho. Quando chegou o verão, os grãos de trigo e cevada encolheram e murcharam. O pombo perguntou à pomba: "Você comeu os grãos?", e ela jurou que não havia comido nada. Mas o pombo não acreditou, e lhe desferiu tantas bicadas que a pomba morreu. Quando chegou o inverno, os grãos voltaram ao seu antigo tamanho, e então o pombo descobriu que havia sido injusto com sua esposa. O arrependimento por ter cometido essa injustiça e matado a pomba foi tão grande que ele parou de comer e beber, e morreu de tristeza.

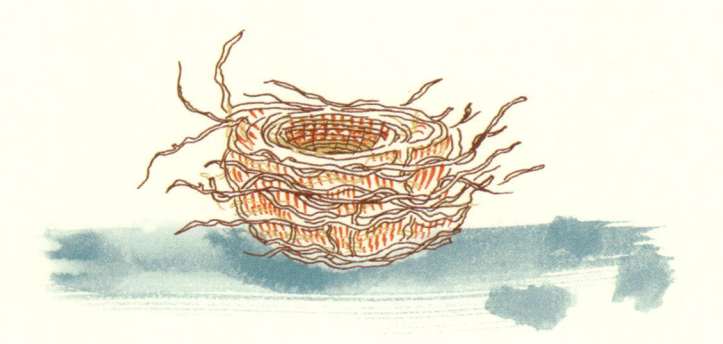

## OS DOIS IRMÃOS E A COBRA[7]

ℰra uma vez dois irmãos que, durante uma viagem, se acomodaram à sombra de uma árvore. Quando a tarde se aproximou, apareceu uma cobra com uma moeda de ouro na boca, e atirou-a diante deles. Os irmãos disseram: "Isso de fato provém de um tesouro!", e ficaram ali por três dias, a cada qual a cobra lhes trazia uma moeda de ouro. Um dos irmãos disse ao outro: "Até quando ficaremos à espera dessa cobra? Por que não a matamos, escavamos sua toca e retiramos o tesouro?". O segundo irmão advertiu-o contra aquilo, dizendo: "Não seja ingênuo! É bem capaz de você se ferir gravemente e não conseguir nenhum dinheiro!". Mas o irmão recusou a advertência, pegou um machado, ficou à espreita da cobra e, quando ela saiu da toca, deu-lhe um golpe que lhe feriu a cabeça, mas não a matou. Ela então reagiu, atacou-o e matou-o, retornando em seguida para a toca. O segundo irmão enterrou-o e permaneceu por ali até o dia seguinte, quando a cobra saiu com a cabeça enfaixada e sem nenhuma moeda. Ele lhe disse: "Ei, você, juro por Deus que eu não gostei do que lhe aconteceu. Eu já tinha advertido meu irmão para não fazer aquilo! O que acha de colocarmos Deus entre nós? Assim não faremos mal um ao outro, e você volta a fazer o que fazia antes!". A cobra respondeu: "Não". Ele perguntou: "Por quê?". Ela respondeu: "Eu sei muito bem que, no seu íntimo, você jamais ficará apaziguado comigo ao olhar para o túmulo do seu irmão, e eu, de igual modo, nunca ficarei interiormente apaziguada com você ao me recordar desta rachadura na minha cabeça".

## A RAPOSA, AS MOSCAS E O PORCO-ESPINHO[8]

Enquanto atravessava um rio de uma margem a outra, uma raposa se viu acossada por caçadores e pela fúria de seus cachorros. Não encontrou salvação melhor do que atirar-se em direção a um precipício que a vista não alcançava, em tão desabalada carreira que ficou completamente esgotada. Todas as suas tentativas de fugir dali fracassaram, e ela não viu outro remédio além de se resignar àquela condição, mesmo cercada por um enxame de mosquitos que a exauriram mais ainda. Nas vizinhanças de onde estava a raposa vivia um porco-espinho, que, testemunhando todo aquele exílio e toda aquela perplexidade da raposa, picada pelos mosquitos e cada vez mais fraca, disse: "Você gostaria, ó senhora esperta, que eu espantasse esses mosquitos?". A raposa respondeu: "De jeito nenhum! Não há motivo para isso, pois seria uma compaixão nociva e uma piedade sem sentido!". O porco-espinho perguntou: "Por quê?". A raposa respondeu: "Saiba que estes mosquitos estão ocupando todo o meu corpo, não deixando espaço para outros. Como já se fartaram do meu sangue, agora estão quietinhos. Se você os espantar, no rastro deles virá outro grupo, faminto e furioso, que chupará o sangue que me resta".

## O CORVO E SEU FILHOTE[9]

Um corvo disse ao seu filhote: "Filhinho, caso atirem contra você, enrodilhe-se". O filhote respondeu: "Papai, eu já vou me enrodilhando antes do disparo".

É por causa desta história que existe o provérbio: "Mais prevenido do que um corvo".

## O ELEFANTE E O ASNO[10]

Conta-se que um elefante e um asno se encontraram num pasto, e o elefante tentou expulsar o asno, que lhe disse: "Por que você me expulsa, se os úteros de que provimos são parentes?". O elefante perguntou: "Como assim?". O asno respondeu: "Por causa da semelhança entre o meu focinho e a sua tromba". O elefante aceitou esse parentesco, e por causa disso espalhou-se o seguinte provérbio: "Isso está para aquilo assim como o útero do qual veio o elefante está para o útero do qual veio asno".

# A AVESTRUZ[11]

Conta-se que disseram à avestruz: "Carregue!", e ela respondeu: "Sou uma ave!". Disseram-lhe, então: "Voe", e ela respondeu: "Sou um animal de carga!".

## O BEDUÍNO E A HIENA[12]

Conta-se que uma hiena devorou um cordeiro pertencente a um beduíno. O beduíno disse a ela: "Sua malvada! Comeu o meu cordeiro!". A hiena disse: "Não fiz nada disso!". "Então me diga: o que é esse amarelado nos seus dentes, e esse vermelho nas suas patas?", perguntou o beduíno. A hiena respondeu: "É que eu tingi as minhas roupas".

## A MORTE DA FORMIGA[13]

Chegou a hora da morte para uma formiga, e então as outras se reuniram ao seu redor. Chorando muito, uma delas lhe disse: "Que Deus tenha misericórdia de você! Tanta cevada arrastada! Tanto trigo regado pela chuva! Tanto vestígio de banquete servido!". Mas a formiga que estava prestes a morrer disse às colegas: "Não se entristeçam, pois eu acumulei diante de Deus um tesouro que quem tiver igual será merecedor de sua misericórdia, e isso porque jamais derramei uma única gota de sangue de ninguém".

# O LEÃO CEGO[14]

Certo leão pobre ficou cego, e isso lhe fez muito mal. Disseram-lhe: "Por que você não tenta se aproximar do rei dos leões? Esse seria um bom procedimento". Então o leão cego foi até o rei e lhe relatou a sua história. O rei determinou ao tesoureiro que lhe dessem diariamente um grande pedaço de carne. O leão cego disse: "Deus dê prosperidade ao rei! Antes eu caçava uma cabra montanhesa e uma vaca forte, e mesmo elas quase não eram suficientes para me satisfazer! De que me adiantará esse pedaço de carne?". O rei respondeu: "Quem depende dos outros deve se bastar com o pouco que lhe seja dado". O leão cego retrucou: "O rei está dizendo a verdade. Não tenho necessidade dessa carne". O rei perguntou: "E o que você vai fazer?". O leão cego respondeu: "Eu me contentarei com ervas, e não precisarei do rei nem de companheiros".

## O PASSARINHO E A COBRA[15]

Conta-se que um minúsculo passarinho era vizinho de uma cobra branca e preta que, ano após ano, devorava seus filhotes assim que os seus ovos chocavam. Mas Deus, que compensa tanto a injustiça como a benesse, decidiu — louvado seja! — tornar cega aquela cobra, no fim de sua vida, e ela passou a permanecer em sua toca, sem aterrorizar nem o distante nem o próximo. Os entes queridos do pássaro então lhe perguntaram: "Por que você não vai até aquela opressora e a insulta abertamente?". Ele respondeu: "Se eu pudesse causar algum dano à cobra quando ela enxergava, não deixaria de ir até lá. Mas, já que o destino me livrou dela, não voltarei a pousar os meus olhos nela".

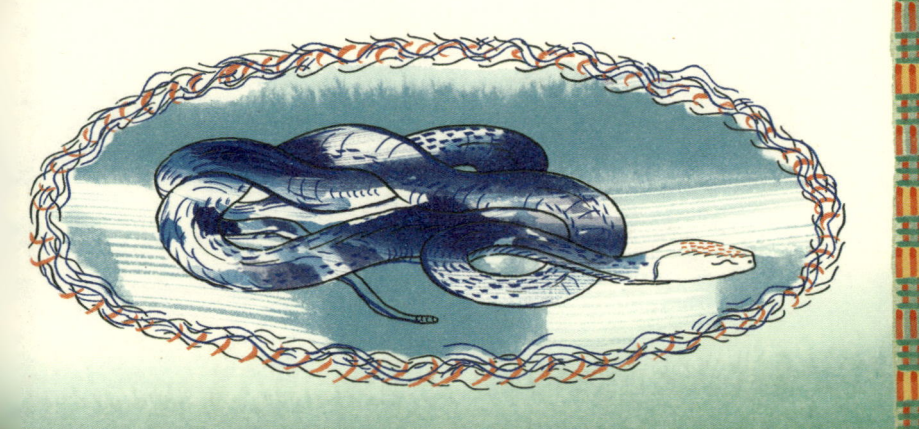

## A RAPOSA E A GARÇA[16]

uma raposa tentou engolir um osso, mas, como ele ficou preso na sua garganta, ela saiu à procura de quem pudesse tratá-la e extrair o osso. Foi então até uma garça, a quem prometeu uma recompensa caso ela tirasse o osso de sua garganta. A garça enfiou a cabeça na boca da raposa, extraiu o osso com o bico e disse à raposa: "Agora dê-me a recompensa". A raposa respondeu: "Você enfiou a cabeça na minha boca e a retirou inteira! Quer recompensa maior do que essa?".

## AS DUAS RAPOSAS[17]

Duas raposas caíram na rede de um caçador. Uma delas disse: "Minha irmã, onde nos encontramos?". A outra respondeu: "Na loja do vendedor de peles, daqui a três dias".

## A RAPOSA E A FESTA
## DO PASSARINHO[18]

Um passarinho resolveu dar uma festa e enviou mensageiros para convidar os seus amigos. Um dos mensageiros, contudo, se enganou e, indo até a raposa, disse-lhe: "O seu irmão a cumprimenta e pede que você lhe dê a honra de visitá-lo no dia tal, para almoçar com ele". A raposa respondeu: "Diga-lhe que ouço e obedeço". Quando o mensageiro regressou e relatou o erro que cometera, os pássaros ficaram abalados e lhe disseram: "Ó infeliz, desse jeito você vai nos aniquilar, expondo nossas vidas à destruição e nos dando esse imenso desgosto!". Uma cotovia perguntou: "Se eu conseguir dispensar a raposa com uma artimanha sutil, o que ganharei de vocês?". Responderam: "Você será a nossa líder. Seguiremos os seus pareceres e nos basearemos em seus desejos". A cotovia disse: "Podem ficar todos aí", e, indo até a raposa, disse-lhe: "O seu irmão a cumprimenta e lhe diz para comparecer amanhã, segunda-feira. Já está se aproximando o prazeroso momento de desfrutar da sua companhia. Onde você gostaria de ficar acomodada? Ao lado dos cães de caça ou ao lado dos cães de corrida?". A raposa engoliu em seco e disse: "Transmita os meus cumprimentos ao meu irmão pássaro e diga-lhe que — juro! — eu estou lisonjeada com a intimidade que ele me oferece, e agradeço a Deus altíssimo que me tenha proporcionado tamanha distinção diante dele, mas, na verdade, já faz algum tempo que fiz votos de jejuar às segundas e às quintas. Portanto, não contem com a minha presença!".

## A RAPOSA IRAQUIANA
## E A RAPOSA SÍRIA[19]

Uma raposa iraquiana se encontrou com uma raposa síria e lhe disse: "Ensine-me o que você conhece de artimanhas das raposas sírias". A raposa síria respondeu: "Conheço cem artimanhas e golpes!". A iraquiana pensou: "Por Deus que vou acompanhá-la para me beneficiar dela", e foi atrás da síria. Enquanto caminhavam, já tornadas boas companheiras de viagem, a raposa iraquiana perguntou: "Minha irmã, caso topemos com algum leão, qual será a artimanha para nos livrarmos dele?". A raposa síria respondeu: "Não se preocupe com isso, pois tenho muitas artimanhas". Mal concluiu a resposta e já aparecia diante delas um leão. A iraquiana disse à síria: "Faça alguma artimanha!". A síria respondeu: "Por Deus que neste momento não tenho artimanha nenhuma!". A iraquiana disse: "Ai, meu Deus! Então por que você se pôs em perigo e iludiu esta sua irmã? A partir de agora fique de boca fechada". O leão se aproximou delas e perguntou: "De onde vocês vieram?". A raposa iraquiana respondeu: "É você mesmo que desejamos, é você mesmo que estamos procurando!". O leão perguntou: "E para quê?". A iraquiana respondeu: "Esta minha irmã vive na Síria e eu vivo no Iraque com o meu próprio dinheiro. Nosso pai morreu e nós herdamos umas ovelhinhas, e então esta minha irmã veio querendo levá-las, mas eu lhe disse para virmos ao senhor dos animais, a fim de que ele julgue o nosso caso, e o que ele disser nós obedeceremos". O leão, que estava com fome, pensou: "Não me apressarei em devorar estas duas raposas; ao contrário, vou esperar um tempo até saber mais a respeito das ovelhas, pois ambas já estão nas minhas mãos", e então disse a elas: "Onde estão as ovelhas?". Elas responderam: "Naquele bosque", e apontaram para um bosque meio difícil de entrar, no qual havia um pequeno córrego. A raposa iraquiana disse: "Vou mandar a minha irmã ir lá buscar as ovelhas para que o rei faça a divisão entre nós". O leão respondeu: "Sim". A iraquiana disse à síria: "Entre e retire as ovelhas, depressa!". A raposa síria entrou no bosque e se pôs a comer as frutas ali existentes, mas, como se demorasse, a raposa iraquiana disse: "Eu já havia contado ao rei que ela era injusta. Portanto, permita que eu vá atrás dela e a traga para você, junto com as ovelhas, humilhada e rebaixada". O leão disse: "Entre e vá depressa". A raposa iraquiana entrou no bosque e se pôs a comer as frutas dali até se fartar, e em seguida trepou no muro, olhou para o leão e lhe disse: "Ó senhor valente, saiba que nós nos reconciliamos. Pode ir embora, na paz de Deus!". Como o leão começou a bater com a cauda no chão e a praguejar, a raposa iraquiana lhe disse: "De todos os juízes que eu já vi, você é o único que fica bravo quando as partes chegam a um acordo!".

## O CACHORRO E O AÇOUGUEIRO[20]

Um cachorro parou diante da porta de um açougue e se pôs a latir muito. O açougueiro lhe disse: "Ou você vai embora ou acerto a sua cabeça com este pedaço de carne!", mas depois se ocupou com outra coisa. O cachorro ficou um tempo esperando e depois disse: "Ei, você vai jogar alguma coisa na minha cabeça ou mudou de ideia?".

# O ASNO E O CAMELO[21]

Após saírem de seu caminho, um asno e um camelo encontraram um pasto vazio no qual podiam comer até se fartar. Certo dia, o asno, tomado de alegria, disse: "Estou com vontade de cantar". O camelo disse: "Pelo amor de Deus! Eu receio que o seu canto alerte alguém e então sejamos levados daqui!". Mas o asno respondeu: "É vital que eu cante", e se pôs a zurrar, sendo ouvido por uma caravana que por ali passava. O camelo e o asno foram então capturados, mas o asno se recusou a caminhar, e acabou sendo colocado nas costas do camelo. Quando passavam por um despe-

nhadeiro, o camelo disse ao asno: "Fiquei tão encantado com a sua cantoria que agora quero fazer uma dancinha!". O asno replicou: "Pelo amor de Deus! Eu vou cair, não faça isso!", mas o camelo dançou e derrubou o asno, que se estropiou todo.

## O CABRITO E O LOBO[22]

Um cabrito parou num telhado e, quando o lobo passou, pôs-se a insultá-lo. O lobo respondeu: "Não é você que me insulta, mas sim o lugar onde você está".

## O CACHORRO DE ISFAHÁN
## E O CACHORRO DE RAY[23]

Um cachorro da cidade de Isfahán foi até a cidade de Ray, e lá encontrou um cachorro, a quem disse: "Isfahán, a minha cidade, é deliciosa! Lá eu vejo os padeiros jogando os seus pães no meio da rua!". O cachorro de Ray pensou: "O melhor que posso fazer é ir para Isfahán", e tão logo chegou lá topou com a loja de um padeiro no caminho que dava para a cidade de Dolkabáz. Enquanto o cachorro passava ali pela frente, o padeiro foi jogando os seus pães em cima de um tabuleiro, e o cão se pôs a devorá-los. Ao vê-lo fazendo aquilo, o padeiro esquentou um espeto e o estendeu na direção do focinho do cachorro, e depois pegou esterco para atirar nele. O cachorro pensou: "Mas a esse preço?".

## A SERPENTE E A RAPOSA[24]

Uma serpente dormia sobre um amontoado de espinhos que foi levado pela correnteza, sem que a serpente acordasse. Vendo aquilo, uma raposa disse: "Para uma embarcação dessas, nada melhor que um marinheiro desses".

## A RAPOSA E O ESPINHEIRO[25]

Uma raposa quis trepar numa parede e se pendurou num espinheiro, que lhe machucou a pata. A raposa se pôs então a reclamar do espinheiro, que lhe respondeu: "Ei, você errou ao se pendurar em mim, pois sou eu quem habitualmente se pendura em tudo".

## O LEÃO, A RAPOSA E O LOBO[26]

Conta-se que um leão, uma raposa e um lobo saíram juntos para caçar e abateram um burro, um antílope e uma lebre. O leão disse ao lobo: "Divida essa caça entre nós". O lobo disse: "A questão é mais simples do que parece. O burro para você, a lebre para a espertíssima raposa e o antílope para mim". Então o leão lhe deu uma patada que lhe separou a cabeça do corpo, e, voltando-se para a raposa, disse: "Que Deus lhe vire as costas! Como esse lobo é ignorante em divisão! Mas você, minha espertíssima amiga, faça a sua divisão". A raposa respondeu: "Ó pai dos valentes, a questão é ainda mais simples do que parecia antes. O burro para o seu almoço, o antílope para o seu jantar, e a lebre como aperitivo entre essas duas refeições". O leão perguntou: "Como você é justa, sua danadinha! Quem lhe ensinou tanta justiça?". A raposa respondeu: "A cabeça cortada do lobo, aqui diante dos meus olhos".

## O LEÃO, O LOBO E A RAPOSA[27]

Um leão se queixou de uma doença muito forte, e então todos os animais foram visitá-lo, com exceção da raposa. O lobo foi ver o leão e disse:

— Todos os animais já vieram visitar você e saber a seu respeito, menos a raposa, que sem dúvida o despreza.

Essa fala do lobo chegou aos ouvidos da raposa, que ficou aborrecida e foi visitar o leão, que lhe perguntou:

— Por que você demorou tanto, minha espertíssima amiga?

— Deus dê prosperidade ao chefe! Quando eu soube das dores que você sofria, fui pesquisar em tudo quanto é lugar sobre algum remédio para curá-lo, e finalmente encontrei! — respondeu a raposa.

— E qual é esse remédio? — indagou o leão.

— Vesícula de lobo — respondeu ela.

— E como poderei obter isso? — o leão perguntou.

— Mande-me agora até o lobo para trazê-lo à sua presença. Quando ele chegar, agarre-o, mate-o, arranque-lhe a vesícula e coma-a — disse a raposa.

Então o leão mandou chamar o lobo, mas manteve a raposa por ali. Assim que o lobo se apresentou, o leão o atacou, mas estava tão fraco por causa das dores que não conseguiu atingi-lo, limitando-se a machucar a pele do traseiro do lobo, que fugiu. A raposa saiu gritando atrás dele:

— Ó dono das ceroulas vermelhas, quando você estiver diante de reis, saiba como falar!

## O HOMEM E A COTOVIA[28]

Um homem capturou uma cotovia, que, já nas suas mãos, perguntou:

— O que você pretende fazer comigo?

— Vou matá-la e comê-la — respondeu o homem.

— Não curo nenhuma doença nem mato fome alguma. Porém, vou ensinar-lhe três coisas que serão melhores para você do que me comer. A primeira eu lhe ensinarei agora, ainda em suas mãos; a segunda, quando estiver numa árvore; e a terceira, quando estiver numa montanha — ofereceu ela.

— Pois então ensine-me a primeira coisa — disse o homem.

— Jamais se desespere por causa do que já passou — disse ela.

Quando a cotovia já estava pousada numa árvore, o homem disse:

— Ensine-me a segunda coisa.

— Não acredite na existência do impossível — respondeu a cotovia.

E, quando já estava na montanha, ela acrescentou:

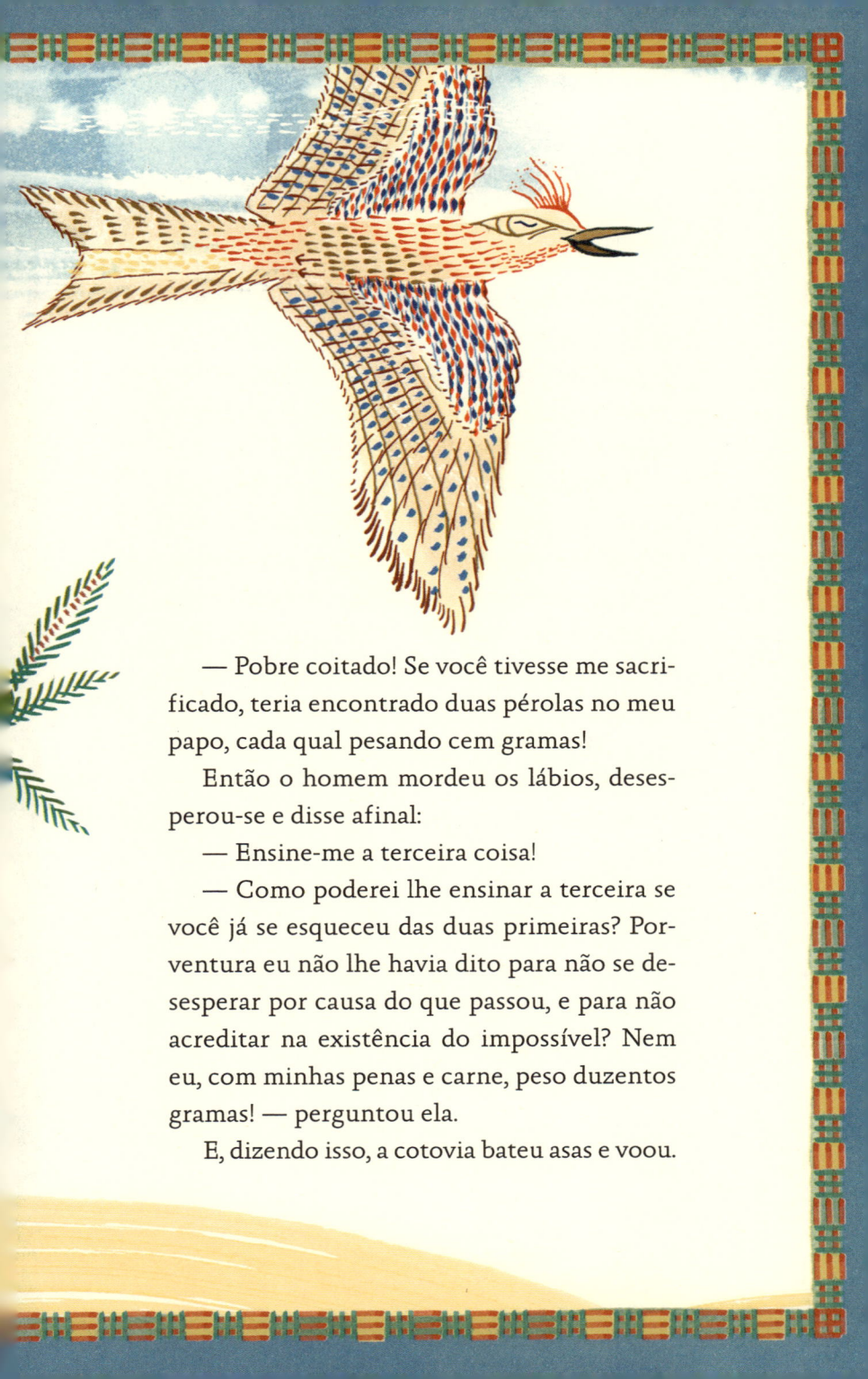

— Pobre coitado! Se você tivesse me sacrificado, teria encontrado duas pérolas no meu papo, cada qual pesando cem gramas!

Então o homem mordeu os lábios, desesperou-se e disse afinal:

— Ensine-me a terceira coisa!

— Como poderei lhe ensinar a terceira se você já se esqueceu das duas primeiras? Porventura eu não lhe havia dito para não se desesperar por causa do que passou, e para não acreditar na existência do impossível? Nem eu, com minhas penas e carne, peso duzentos gramas! — perguntou ela.

E, dizendo isso, a cotovia bateu asas e voou.

## O PÁSSARO E A ARAPUCA[29]

Um homem montou uma arapuca, colocando em seu bocal um grão de trigo. Um pássaro passou por ali e perguntou à arapuca:

— Por que você está escondida sob a terra?

— Por causa da minha modéstia — respondeu a arapuca.

— Por que está tão magra? — indagou ele.

— Por causa da minha longa devoção a Deus — disse ela.

— E o que é esse grão de trigo no seu bocal? — perguntou o pássaro.

— Deixei-o aí para quem estiver com fome — respondeu a arapuca.

— Você é a melhor das benfeitoras! — exclamou o pássaro.

Quando entardeceu, o pássaro se aproximou para colher o grão e, ao ser apanhado pelos laços da arapuca, disse:

— Se tanta devoção estrangula desse jeito, então hoje em dia é melhor não ser devoto!

## A GAZELA E A HIENA[30]

Uma hiena viu uma gazela montada num asno e pediu carona. A gazela lhe deu a carona. A hiena disse: "Como é esperto o seu asno!". Pouco tempo depois, a hiena disse: "Como é esperto o nosso asno!", e então a gazela disse: "Desça agora, antes que você comece a dizer: 'Como é esperto o meu asno!'".

## O BODE E O ODRE[31]

Um bode pulou para evitar um odre de couro que estava atirado ao solo, e então o odre lhe disse: "Você me evita? Ontem eu era como você, e amanhã você será como eu!".

## JESUS E A SERPENTE[32]

Conta-se que Jesus, filho de Maria, que Deus o bendiga e salve, passou certa vez por um encantador de serpentes que perseguia uma serpente para capturá-la. A serpente disse a Jesus: "Ó espírito de Deus, avise a esse homem que, se acaso ele não me deixar em paz, irei golpeá-lo com tamanha força que o despedaçarei". Então Jesus, que a paz esteja com ele, foi-se embora dali, e em seguida retornou, encontrando a serpente já dentro do cesto do encantador. Jesus perguntou à serpente: "Você não havia feito aquelas ameaças?". A serpente respondeu: "Ó espírito de Deus, esse homem fez um trato comigo mediante promessas, e, se acaso ele trair tais promessas, o veneno dessa traição lhe fará mais mal do que o meu!".

### A HIENA E A RAPOSA[33]

uma hiena caçou uma raposa e a prendeu em sua boca. A raposa então lhe disse: "Deixe-me fazer um pedido, dona hiena!". A hiena respondeu: "Eu lhe ofereço duas alternativas: ou eu a devoro, ou então a sirvo como refeição para alguém". A raposa disse: "Porventura você não se lembra daquela hiena que teve de se casar em seu próprio lar?". A hiena perguntou: "Quando foi isso?", e abriu muito a boca, permitindo que a raposa escapasse.

## O HOMEM ATACADO PELO LEÃO

Um leão atacou uma caravana, e um dos seus integrantes, ao vê-lo, desabou no chão. O leão subiu nele, e então os demais membros da caravana se uniram e conseguiram puxar o homem, salvando-o do leão. Perguntaram-lhe: "Como está?". O homem respondeu: "Comigo está tudo bem, mas o leão defecou nas minhas calças".[34]

## A RATA E O CAMELO[35]

uma rata viu um camelo e, tendo gostado dele, puxou-o pelo cabresto e ele seguiu atrás dela. Quando chegaram à porta da casa da rata, o camelo parou e gritou para ela, falando a língua que a situação exigia: "Ou você arranja uma casa adequada ao seu amado, ou então arranja um amado adequado a sua casa!".

É por causa desta história que se diz: "Ou você reza de um modo adequado à divindade que você venera, ou então venera uma divindade adequada ao seu modo de rezar".

## A RAPOSA E A HIENA NA BEIRA DO POÇO[36]

Conta-se que uma raposa sedenta viu, em cima de um poço, uma roldana com uma corda e dois baldes amarrados nela, um de cada lado. Sentou-se então no balde mais elevado, que desceu até que ela pôde matar a sede no poço. Logo chegou uma hiena, que olhou dentro do poço e viu o arco da lua minguante refletido em suas águas e a raposa sentada no fundo. Então a hiena perguntou:

— O que está fazendo aí?

— Comi metade deste queijo, e sobrou a outra metade. Desça aqui para comê-la! — respondeu a raposa.

— Como faço para descer? — indagou a hiena

— Sente-se no balde — disse a raposa.

A hiena se sentou no balde, que desceu enquanto o balde da raposa subia. Quando as duas se encontraram no meio do poço, a hiena perguntou:

— Mas o que é isso?

— Os bem-nascidos também trapaceiam! — respondeu a raposa.

É por isso que os árabes passaram a usar essa frase como provérbio para os conflitos.

## O MOSQUITO E A PALMEIRA[37]

Certa vez, um mosquito disse a uma palmeira na qual havia pousado: "Prepare-se porque eu vou decolar!". A palmeira respondeu: "E eu por acaso senti o seu pouso para que tenha de me preocupar com a sua decolagem?".

## O LOBO, A RAPOSA E A LEBRE[38]

Conta-se que um lobo, uma raposa e uma lebre encontraram um cordeiro e disseram uns aos outros: "Aquele que dentre nós for o mais velho irá comê-lo!". A lebre disse: "Eu nasci antes de Adão". A raposa disse: "É verdade! Eu já estava lá quando você nasceu". Então o lobo avançou, deu um salto, agarrou a lebre e disse: "Meu tamanho e minha posição são testemunhas de que sou mais velho que vocês dois", e devorou a lebre.

## O HOMEM, O LEÃO E O URSO[39]

Um homem que fugia de um leão caiu num poço, e o leão também acabou caindo atrás dele. No poço já havia um urso, a quem o leão perguntou: "Há quanto tempo você está aqui?". O urso respondeu: "Há vários dias. Já estou morto de fome!". O leão disse: "Que eu e você devoremos este homem, e então ficaremos saciados". O urso disse: "E quando a fome voltar, o que faremos? O melhor é que nós dois juremos a esse homem que não lhe faremos mal, e assim ele vai pensar em alguma artimanha para salvar-se e para nos salvar deste poço, pois ele é bem mais capaz de pensar nisso do

que nós". Então ambos, leão e urso, fizeram uma jura ao homem, que tanto insistiu e tateou até que encontrou um túnel, no qual entrou e através do qual enfim escapou do poço, salvando-se e depois salvando o urso e o leão.

**EIS O SENTIDO:**

O inteligente nunca abandona a sábia decisão e jamais se deixa levar por suas paixões, especialmente quando sabe que nelas poderá estar o seu fim; pelo contrário, o inteligente sempre pensa nas consequências dos seus atos, e para tanto adota a mais sábia decisão.

# O ANJO E O TEMPO[40]

Indagaram um anjo sobre qual a coisa mais espantosa que ele já presenciara em suas longas viagens e travessias de desertos e regiões inóspitas. O anjo respondeu:

— A coisa mais espantosa que presenciei foi a seguinte: passei por uma cidade que eu jamais vira mais bela sobre a face da Terra, e perguntei a alguns de seus moradores quando ela fora construída. Eles responderam: "Louvado seja Deus! Nem nossos pais nem nossos avôs se lembram de quando foi construída. Ela é assim desde o dilúvio!". Então, retirei-me dali por quinhentos anos, quando então tornei a passar por lá, e eis que estava vazia e arruinada; sem ter a quem perguntar, avistei alguns pastores de ovelhas, dos quais me aproximei e a quem indaguei: "Onde está a cidade que aqui existia?". Responderam: "Louvado seja Deus! Nem nossos pais nem nossos avôs mencionam que aqui tenha existido alguma cidade!". Então me ausentei por mais quinhentos anos e tornei a passar por lá, e eis que no lugar daquela cidade havia um mar do qual mergulhadores extraíam algo semelhante a pedras preciosas. Perguntei aos mergulhadores: "Desde quando este mar está aqui?". Responderam: "Louvado seja Deus! Nem nossos pais nem nossos avôs se lembram de algo diferente deste mar desde a época do dilúvio!". Ausentei-me então por outros quinhentos anos e retornei, e eis que as águas do mar haviam minguado, e em seu lugar havia uma lagoa na qual pescadores pescavam peixes em pequenos barcos. Perguntei a alguns deles: "Onde está o mar que aqui existia?". Responderam: "Louvado seja Deus! Nem nossos pais nem nossos avôs se lembram de ter existido aqui um mar!". Ausentei-me então por mais quinhentos anos e retornei àquele local, e eis que era uma cidade como a primeira, com fortalezas, castelos e mercados. Perguntei a alguns moradores: "Onde está a lagoa que aqui havia? E quando foi construída esta cidade?". Responderam: "Louvado seja Deus! Nem nossos pais nem nossos avôs mencionam algo que não seja esta cidade tal como está desde a época do dilúvio". Ausentei-me então por outros quinhentos anos e retornei, e eis que a cidade estava de cabeça para baixo, dela saindo uma escura fumaça;

não encontrando ninguém a quem perguntar, fui até um pastor e questionei: "Onde está a cidade?". Ele respondeu: "Louvado seja Deus! Nem nossos pais nem nossos avôs se lembram de algo diferente deste lugar tal como está agora". Essa foi a coisa mais espantosa que vi em minhas viagens.

## A RAPOSA E A LEBRE[41]

Conta-se nas histórias da Índia que uma raposa agarrou uma lebre, a qual lhe disse: "Por Deus que isso não se deve à sua força, mas sim à minha fraqueza, ainda que você não acredite em mim".

## O RATO DOMÉSTICO
## E O RATO SELVAGEM[42]

Conta-se que um rato doméstico viu um rato selvagem, do deserto, em grandes apuros, sofrendo com a pobreza, e lhe disse: "O que você está fazendo aí? Venha comigo para as casas, onde existe muito conforto!", e então o rato selvagem foi com ele. O dono da casa em que vivia o rato doméstico lhe havia armado uma arapuca, colocando um pedaço de gordura abaixo de um tijolo. Assim que o rato doméstico se pôs ali para pegar o pedaço de gordura, o tijolo caiu sobre ele e o esmagou. O rato selvagem escapuliu daquele lugar, balançou a cabeça, espantado, e disse: "Vejo muito conforto e enormes desgraças! Prefiro a boa saúde e a pobreza à riqueza que traz consigo a morte", e voltou para o deserto.

## O URSO E O HOMEM QUE FUGIA DO LEÃO[43]

Conta-se que, enquanto fugia de um leão, um homem topou com uma árvore e a escalou, encontrando lá em cima um urso que colhia frutos. O leão ficou embaixo da árvore e se deitou à espera de que o homem descesse. Ao voltar-se para o urso, o homem notou que este lhe fazia sinais, colocando o dedo na frente da boca, como quem diz: "Fique quieto para que o leão não perceba que eu estou aqui". Agitado, o homem pegou uma faca delgada que tinha consigo e se pôs a cortar o galho no qual estava o urso, até que terminou, e então o urso caiu no chão, sendo atacado pelo leão, que levou a melhor na luta e o devorou, retirando-se em seguida. Assim, com a permissão de Deus, o homem se salvou.

## O HOMEM QUE ABRIGOU A COBRA[44]

Conta-se que um homem religioso e bom saiu certo dia para caçar e de repente topou com uma cobra toda temerosa, que lhe disse:

— Socorra-me, que Deus te socorra! Um inimigo me persegue a fim de me matar!

Então o homem fez tenção de escondê-la em seu manto, mas ela disse:

— Desse jeito o inimigo vai me ver!

— O que devo fazer? — perguntou o homem.

— Se você quer de fato me fazer um favor, abra a sua boca e me deixe entrar na sua barriga — respondeu ela.

— Mas eu tenho medo de você — disse ele, e então a cobra prometeu que não lhe faria mal, garantindo ser muçulmana. Fiado nisso, o homem abriu a boca e por ali a cobra entrou em sua barriga. Passou por ele um homem com um sabre afiado e perguntou da cobra.

— Não a vi — respondeu o bom homem, que depois pediu perdão a Deus cem vezes por ter mentido.

A cobra tirou a cabeça para ver se o seu inimigo tinha ido embora, e o homem, informando-a de que ele já partira, pediu-lhe que saísse. A cobra disse:

— Bom, agora você pode escolher para si uma destas duas mortes: ou roo o seu fígado, ou perfuro o seu coração.

— Glorificado seja Deus! E o acordo que havia entre nós? — indagou ele.

— Nunca vi alguém tão estúpido quanto você! — exclamou a cobra. — Por acaso já se esqueceu da minha hostilidade ao seu pai, Adão? Não fui eu que o fiz sair do Paraíso? O que te levou a fazer favores para quem deles não é digno?

— Se for de fato necessário me matar, dê-me um tempo para que eu arranje um lugar para mim naquela montanha — pediu o homem.

— Esteja à vontade — respondeu a cobra.

O homem ergueu os olhos para o céu e disse:

— Ó Generoso, sede generoso comigo com a vossa generosidade oculta! Ó Generoso, Onipotente, eu vos peço, pela força mediante a qual vos mantendes no trono, que não sabe onde estais! Ó Sapiente, ó Onisciente, ó Altíssimo, ó Magnífico, ó Vivente, ó Ressuscitador, ó Deus, por que não me livrais desta cobra? — E, assim dizendo, caminhou em direção à montanha.

O próprio homem contou:

— Fui então interceptado por um velho de rosto esplendoroso, agradável aroma e roupas sem mácula que me deu um papel verde e disse: "Engula este papel". Então eu engoli e a cobra saiu de dentro mim, despedaçada. Cessado meu temor, perguntei ao homem: "Quem é você, ó homem por intermédio do qual Deus atendeu o meu pedido?". Ele respondeu: "Quando você fez aquela súplica a Deus altíssimo, os arcanjos se agitaram pelos sete céus, e isso chegou a Deus excelso e poderoso, que disse: 'Por meu poder e magnificência, vi tudo quanto a cobra fez com aquele meu adorador', e me ordenou que eu fosse até o Paraíso, pegasse uma folha da árvore da beatitude e a trouxesse até você. Eu me chamo Favor, e minha morada é nos céus. Deve-se sempre fazer favores, pois isso evitará um mau fim. Se acaso o favor for desconsiderado pelo favorecido, não o será por Deus altíssimo". E Deus é que sabe mais.

## O CAMELO E A FORMIGA[45]

Conta-se que um camelo encontrou uma formiga e lhe disse: "O que me espanta é que, apesar da sua pequenez e fraqueza, você suporta carregar coisas que têm o seu tamanho e peso, enquanto eu, apesar da minha grande estrutura e porte, não consigo carregar nem metade do meu peso". A formiga respondeu: "É que eu carrego para mim mesma, enquanto você carrega para os outros. É por isso que se diz: 'Nada melhor para coçar a minha pele do que a minha própria unha'".[46]

## PARA QUEM LATE O CACHORRO

Disseram a um cachorro: "Notamos que você late para os pobres e miseráveis, mas não para os ricos". Ele disse: "É que o pobre procura o mesmo que eu. Portanto, existe entre nós ciúme e hostilidade. Seu inimigo é aquele que está atrás das mesmas coisas que você".

## O GALO, O CACHORRO E A RAPOSA

Conta-se que um cachorro e um galo percorreram juntos certa estrada e, quando anoiteceu, foram até uma árvore, em cujo topo o galo subiu para dormir, enquanto o cachorro se estendeu ao pé da árvore. Quando madrugou, o galo bateu as asas e cantou, conforme o hábito. Uma raposa que estava nas redondezas o ouviu, foi rapidamente até lá e, vendo o galo em cima da árvore, ergueu a cabeça em sua direção e disse:

— Desça para rezarmos juntos!

— Sim, mas eu gostaria que você acordasse o condutor da prece — respondeu o galo.

— E onde está o condutor da prece? — perguntou a raposa.

— Você irá encontrá-lo dormindo atrás do tronco — disse ele.

A raposa olhou, avistou o cachorro, que dormia como um leão, e, com o rabo entre as pernas, saiu correndo a toda velocidade, tamanho era o medo que tinha dos cachorros. O galo então a chamou, dizendo:

— Aonde você está indo? Por que não vem para rezarmos juntos?

— Esta sua criada não está pura para o ritual! Vou me lavar e já volto! — respondeu a raposa.

## O CORVO E A RAPOSA

Conta-se que um corvo roubou um pedaço de carne e pousou num muro. Uma raposa o viu, foi até lá, parou ao pé do muro e se pôs a conversar com ele, dizendo:

— Você está com boa cor, aparência digna. Existem poucos como você, pois faz suas malandragens às escondidas, e ninguém o vê praticando a corrupção. Você é todo bacana, e só tem um defeito.

— Qual? — perguntou o corvo.

— Sua voz, às vezes, é feia e desafina — respondeu a raposa.

— Pois então me avise quando isso acontecer para que eu evite — pediu o corvo.

— Grite agora — disse a raposa, e o corvo gritou. — Mais forte!

E o corvo levantou a voz mais ainda, mas abriu muito a boca, e a carne caiu, sendo então levada pela raposa. O corvo disse:

— Não havia necessidade disso. Se você tivesse pedido a carne, eu a teria dado a você.

— Seu tolo! Somente os covardes deixam de tomar as coisas usando artimanhas em vez de pedi-las feito um mendigo.

Eis o que disse o poeta Almutanabbī: "Não pede as coisas quem pode tomá-las à força, triunfante!".

## O LOBO E O JUMENTO

Um lobo passou por certo bosque no qual havia um jumento pastando. Ao ver o lobo, o jumento teve certeza de que era seu fim, e pensou: "Preciso me salvar de algum jeito. Se der certo, é o meu objetivo, mas, se o lobo perceber, só me restará a morte. Seja como for, se eu não fizer nada, estarei morto". Então o jumento começou a mancar e a caminhar bem devagarinho em direção ao lobo, a quem cumprimentou, dizendo: "Seja bem-vindo! Deus fez de mim a sua provisão! Saiba, prezado lobo, que você é meu hóspede, e que lhe ofereço a minha vida, que é o que eu tenho de mais valioso. Alguém como eu só tem como objetivo a gratidão, tanto na vida como na morte. Entrou no meu casco um espinho bem comprido, que chegou à minha perna. Eu o aconselho a retirá-lo antes de me devorar, pois temo que tal espinho se enrosque em sua garganta, e que isso faça você me insultar após a minha morte". O lobo disse: "Juro por minha vida que você deu um bom conselho a este seu hóspede! Mostre-me o seu casco", e então o jumento lhe deu as costas. Enquanto o lobo procurava, ocupado em encontrar o espinho, o jumento esticou a pata e aplicou um coice que lhe arrebentou todos os dentes e lhe rompeu o focinho. O lobo caiu desmaiado e o jumento fugiu. Ao acordar, o lobo reclamou de si mesmo, dizendo: "É tudo culpa minha. Eu era açougueiro, mas fui bancar o veterinário!".

## O CACHORRO NO POÇO

Um homem passava por certo caminho quando viu um cachorro caído num poço. Desceu então para resgatá-lo, mas, quando se aproximou, o cachorro supôs que o homem viera bater nele e o atacou, dando-lhe uma violenta mordida. O homem saiu do poço e se pôs a limpar o sangue. Outro homem passou por ali e perguntou: "O que é isso?". Ele respondeu: "Isso é a punição de quem pratica o bem com quem não o merece nem o reconhece".

## OS DOIS ESCORPIÕES

Conta-se que um escorpião perguntou a outro durante a primavera: "Por que não saímos para caminhar e passear no meio destas belas plantas e deste verde todo?". O outro escorpião respondeu: "Será que os vestígios que deixamos durante o verão são tão bons assim para que possamos dar as caras durante a primavera?".

# O BURRO E O LEÃO

Após se perder, um burro foi buscar refúgio junto ao leão e passou a viver sob a proteção dele. Certo dia, o leão disse ao raposo:

— Estou com fome e hoje não consegui caçar nada. Arranje-me algo para comer.

— Por que você não devora o burro que aqui está? — perguntou o raposo.

— É muito feio trairmos quem se refugiou junto a nós em busca de proteção — respondeu o leão.

— Eu farei com que você o devore e tenha uma justificativa para isso — retrucou o raposo.

— Então me mostre como agir — disse o leão.

Quando o burro chegou, o raposo se pôs a falar mal daqueles que nasceram como fruto de traição, explicando que essas criaturas não deveriam se aproximar nem ser cumprimentadas, e muito menos ficar na vizinhança dos reis, pois nesse caso poderiam fazer mal aos súditos. O leão lhe perguntou:

— E por acaso algum de nós aqui é fruto de traição? Eu sou um leão, filho de leão!

— Eu também sou um raposo, filho de raposo!

Enquanto falavam, o burro ficava quieto. O raposo lhe perguntou:

— Por que você está calado, sem mencionar a sua origem?

— A minha origem está escrita no meu casco — respondeu o burro.

— Vá ler o que está escrito no casco dele, a fim de sabermos o que ali se registrou — disse o leão ao raposo.

Então o raposo se levantou, e o burro lhe exibiu a sola do casco, que parecia uma pedra, com ferro e pregos espetados e pontiagudos. Ao ver aquilo, o raposo parou de repente e pensou: "Se eu aproximar a minha cara deste casco e ele me der um coice, nunca mais vou conseguir fazer nada!". Então ele recuou e parou longe do burro. O leão lhe deu uma bronca, dizendo:

— Por que você recuou? Não vai ler o que está escrito, para que possamos escutar?

— Ó rei, é uma caligrafia complicada, e não consigo ler uma única letra! — respondeu o raposo.

O leão riu e manteve o burro a seu serviço, admirado com a sua boa inteligência.

## O PORCO E O JUMENTINHO

Conta-se que um grego tinha um porco amarrado numa barra, o qual alimentava para engordá-lo. Ao lado dele havia uma jumenta cujo filhote comia as sobras do que se espalhava da ração do porco. O jumentinho disse à mãe: "Como é gostosa essa ração!", ao que a mãe respondeu: "Até seria, se não existisse por trás dela uma enorme desgraça!". Quando o porco foi abatido e o jumentinho o viu sacrificado, começou a tremer e a fungar com força; em seguida, arreganhando os dentes, mostrou-os à mãe e disse: "Olhe direito, mamãe, será que no meio dos meus dentes sobrou alguma coisa daquela ração?".

## A RAPOSA E O PEREGRINO[47]

Conta-se que, certa vez, uma raposa foi até uma churrascaria e, observando o forno, viu um carneiro assado e pensou: "Um prato desses não se come sem pão assado, vinagre e aperitivos". Assim, saiu à procura de alguma artimanha para conseguir o pão, o vinagre e os aperitivos, mas não conseguiu nada, retirando-se então, tristonha, e indo sentar-se numa ponte. Pensou: "Quem dera aparecesse alguém neste momento e me desse uma surra de vinte bengaladas no lombo esquerdo, como punição pelo que fiz comigo mesma, pois abandonei um carneiro que estava nas minhas mãos e fui estupidamente procurar pão, vinagre e aperitivos". Mal terminou de pensar, surgiu de debaixo da ponte um homem com um chicote, e aplicou uma surra na raposa, que conseguiu enfim fugir, e durante a fuga, topou com um homem que pretendia peregrinar até Meca. A raposa perguntou ao homem: "O que você faz por aqui?". Ele respondeu: "Procuro refúgio em Deus altíssimo contra o mal!". A raposa disse: "Eu vou lhe indicar um lugar onde sua prece será aceita". O homem perguntou: "Onde é?". A raposa respondeu: "Naquela ponte".

# Segunda PARTE

Fábulas e máximas de Luqmān[48]

## FÁBULAS ENCADEADAS E INDEPENDENTES

## UM ANTÍLOPE

Certa vez, um antílope com muita sede se dirigiu a uma fonte para beber água. Ao ver sua imagem no reflexo, entristeceu-se com a finura de suas pernas, e se orgulhou da grossura e do comprimento de seus chifres. Enquanto isso, alguns caçadores o atacaram, e ele fugiu. Conforme corria pela planície, não o alcançaram, mas quando avançou pela montanha, sendo obrigado a passar por entre as árvores, foi alcançado pelos caçadores, que o mataram. No momento de sua morte, o antílope pensou: "Ai de mim! Sou um pobre coitado! Aquilo que eu desprezei me salvou, e aquilo de que me orgulhei me matou!".[49]

## OUTRO ANTÍLOPE

Certa vez, um antílope adoeceu, e então outros animais, seus amigos, foram visitá-lo para lhe fazer companhia e comeram a grama e as ervas que existiam em seu entorno. Quando, enfim, melhorou da doença e conseguiu se levantar, o antílope procurou algo para comer, mas nada encontrou, e morreu de fome.

**O SENTIDO DESTA HISTÓRIA É O SEGUINTE:**
Quando se multiplicam as pessoas que vivem às suas custas, também se multiplicam as suas tristezas.

## UM LEÃO E DOIS TOUROS

Certa vez, um leão atacou dois touros, mas eles se uniram para valer, golpearam-no com seus chifres e o impediram de se intrometer entre eles. O leão, contudo, conseguiu ficar a sós com um dos touros e o enganou, comprometendo-se a não atacá-lo caso ele abandonasse o seu companheiro. Porém, tão logo os touros se separaram, o leão devorou os dois.

**EIS O SENTIDO:**

Quando os habitantes de duas cidades entram em acordo, nenhum inimigo poderá com elas. Mas, caso se separem, ambas serão destruídas.

## UM LEÃO, UM CAMUNDONGO E UMA RAPOSA

Certa vez, um leão, exausto pelo calor do sol, entrou em uma caverna buscando proteger-se na sombra. Assim que ele se aconchegou, um camundongo começou a caminhar pelas suas costas. Imediatamente o leão se colocou de pé e olhou à direita e à esquerda, temeroso e aterrorizado. Ao ver aquilo, uma raposa começou a rir. O leão lhe disse: "Não é do camundongo que eu tenho medo, mas sim do grande desrespeito que ele demonstra por mim".

**EIS O SENTIDO:**
Para os inteligentes, a humilhação é pior do que a morte.

## UM LEÃO E UM TOURO

Certa vez, um leão quis caçar um touro, mas, faltando-lhe coragem por causa da força do touro, dirigiu-se a ele a fim de enganá-lo com uma artimanha. Disse-lhe então: "Saiba que eu sacrifiquei um gordo carneiro, e gostaria que esta noite você fosse a minha casa compartilhar a refeição comigo". O touro atendeu o pedido. Contudo, quando chegou ao local, notou que ali havia muita lenha e uma enorme panela. Ao olhar bem para aquilo, fugiu a toda velocidade. O leão lhe perguntou: "Por que resolveu fugir agora? Você já não tinha aceitado vir até aqui?". O touro respondeu: "É porque percebi que os preparativos são para algo bem maior do que um carneiro!".

**EIS O SENTIDO:**
Para o inteligente, não é bom costume acreditar em seu inimigo ou nele confiar.

## UM LEÃO E UMA RAPOSA

Certa feita, um leão velho ficou tão debilitado que perdeu a capacidade de caçar outros animais. Pretendendo então se beneficiar de uma artimanha para sobreviver, fingiu-se de doente e se atirou numa caverna, e dentro dela devorava quem quer que o visitasse. Então um raposo foi visitá-lo e, parando na entrada da caverna, cumprimentou-o assim: "Como vai, ó rei dos animais?". O leão respondeu: "Por que você não entra, ó chefe dos espertos?". O raposo respondeu: "Eu até estava disposto a fazer isso, meu senhor. Só que estou vendo aí dentro o rastro de muitas patas que entraram, mas não vejo o rastro de nenhuma que tenha saído".

**EIS O SENTIDO:**
Não consiste em bom costume para o ser humano aventurar-se em algo que não conhece.

## UM LEÃO E UM SER HUMANO

Um leão e um ser humano, certa feita, caminhavam juntos pela estrada quando se puseram a discutir sobre o poderio e a força. Enquanto o leão exagerava nos elogios ao seu próprio poderio e força, o ser humano viu desenhada numa parede a figura de um homem estrangulando um leão, e isso o fez rir. O leão lhe disse: "Se por acaso as feras soubessem pintar como o ser humano, elas fariam pinturas nas quais não seriam os homens que estrangulariam os animais, mas sim, ao contrário, seriam os animais que estrangulariam os homens".

**EIS O SENTIDO:**
O ser humano não deve justificar-se com base no que dizem seus próprios familiares.

## UMA GAZELA E UM LEÃO

Certa vez, uma gazela temerosa dos caçadores se refugiou numa caverna, mas um leão também entrou lá e a devorou. A gazela pensou: "Ai de mim! Não passo de uma pobre desgraçada: ao fugir dos seres humanos, acabei caindo nas garras de quem é bem mais poderoso do que eles!".

ESTE É O EXEMPLO daquele que, fugindo de um perigo menor, cai numa grande desgraça.

## UMA GAZELA E UMA RAPOSA

Certa feita, uma gazela morrendo de sede desceu por um poço e bebeu toda a água que pôde. Depois quis subir, mas não conseguiu. Uma raposa a avistou e lhe disse: "Você agiu muito mal, minha irmã! Antes de descer, deveria ter calculado como subir!".

**ESTE É O EXEMPLO** de quem toma decisões sozinho e sem consultar a ninguém.

## ÁGUIAS, LEBRES E RAPOSAS

Certa feita, as águias entraram em guerra com as lebres, que foram até as raposas em busca de apoio e aliança contra as águias. As raposas responderam: "Se acaso não conhecêssemos vocês e não soubéssemos com quem estão em guerra, teríamos concordado".

**EIS O SENTIDO:**
Não é bom costume para o ser humano entrar em guerra com os mais poderosos.

## UMA LEBRE E UMA LEOA

Certa vez, uma lebre passou por uma leoa e lhe disse: "Todo ano eu gero muitos filhotes, enquanto você, durante toda a sua vida, só dá à luz um ou dois". A leoa respondeu: "É verdade. Porém, ainda que seja apenas um filhote, trata-se de um leão".[50]

**EIS O SENTIDO:**
Um só filho valoroso é melhor do que vários filhos inúteis.

## UM MOSQUITO E UM TOURO

Um mosquito pousou no chifre de um touro e, imaginando ser pesado demais, disse: "Se eu estiver muito pesado, me avise para que eu vá embora". O touro respondeu: "Não senti quando você pousou e tampouco sentirei quando você sair voando".

ESTE É O EXEMPLO de quem procura a glória e a memória duradoura, mas é fraco e desprezível.

## UMA MULHER E UMA GALINHA

Era uma vez uma mulher cuja galinha botava todos os dias um ovo de prata. Um dia a mulher pensou: "Se eu lhe der muita ração, ela botará dois ovos a cada vez". Porém, quando aumentou a ração, o papo da galinha estourou e ela morreu.

**EIS O SENTIDO:**

Por causa de um pequeno ganho, muita gente põe a perder toda a sua fonte de sustento.

## UM HOMEM E A MORTE

Certa vez, um homem estava carregando nos ombros um amontoado de lenha bem pesado, mas logo se cansou. Irritado com tamanha carga, atirou a lenha ao solo e clamou pela morte, que surgiu diante dele, dizendo: "Aqui estou. Por que me chamou?". O homem respondeu: "Chamei para que você ponha de novo esse amontoado de lenha nos meus ombros".

**EIS O SENTIDO:**
Todo mundo aprecia a vida terrena, mas o que nela causa desgosto são a fraqueza e a miséria.

## UM HOMEM E DUAS SERPENTES

Certa vez, um homem assistia a duas serpentes lutando e se esfolando uma à outra. Então chegou uma terceira serpente e conseguiu que elas fizessem as pazes. O homem lhe disse: "Se você não fosse pior do que essas duas, não teria entrado no meio delas".

**EIS O SENTIDO:**
Os malvados ajudam os que são como ele.

## UM HOMEM E UM ÍDOLO

Um homem tinha em casa um ídolo ao qual adorava, fazendo-lhe oferendas diárias. Por fim, gastou tudo que possuía com aquilo. Então o ídolo apareceu para ele, dizendo: "Não acabe com o seu patrimônio por minha causa para depois me acusar na outra vida!".

**ESTE É O EXEMPLO** de quem gasta o que tem em pecados e depois sai acusando Deus de tê-lo empobrecido.

## UM HOMEM, UMA ÉGUA
## E UM POTRO

Uma égua prenha deu à luz enquanto era cavalgada por um homem numa estrada qualquer. O potro seguiu a mãe um pouquinho, mas depois parou e disse ao seu dono: "Meu senhor, como pode ver, sou pequeno e incapaz de caminhar. Se você continuar e me abandonar, morrerei, mas, se acaso me levar consigo e me criar até eu ficar forte, serei eu que o carregarei em meu dorso e o farei chegar rapidamente aonde quiser".

**EIS O SENTIDO:**
Quem merece favores e é digno deles deve sempre recebê-los, e jamais ser abandonado.

## UM HOMEM, UM CARNEIRO, UMA CABRA E UM PORCO

Certa vez, um homem carregou em sua montaria um carneiro, uma cabra e um porco, dirigindo-se à cidade a fim de vendê-los todos. O carneiro e a cabra não se agitaram em cima da montaria, mas o porco, inquieto o tempo todo, provocou uma série de dificuldades. O homem então lhe disse: "Ó escória dos animais, por que o carneiro e a cabra estão quietinhos sem fazer alarde, mas você não para de se agitar nem se cala?". O porco respondeu: "Meu senhor, cada um sabe dos seus males. Bem sei que o carneiro é procurado por causa de sua lã, e a cabra, por causa de seu leite. Mas eu, pobre desgraçado, não tenho lã nem leite. Estou certo de que, tão logo chegue à cidade, serei levado direto para o açougue".

**EIS O SENTIDO:**
Aqueles que cometem pecados e crimes sabem muito bem o péssimo destino que os aguarda e qual será o seu fim.

## UMA LEBRE E UMA TARTARUGA

Certa vez, uma lebre e uma tartaruga apostaram corrida, estabelecendo como ponto de chegada uma montanha. Confiante em sua leveza e rapidez, a lebre demorou-se no caminho e dormiu. Já a tartaruga, ciente de sua natureza pesada, não parou nem se demorou em sua corrida, e chegou à montanha quando a lebre acordou.

**EIS O SENTIDO:**
A paciência e a persistência são superiores à leveza e à rapidez.

## LOBOS E PELES BOVINAS

Certa vez, alguns lobos encontraram, à beira de um córrego, um monte de peles bovinas encharcadas de água. Então todos concordaram em beber a água até que as peles secassem e eles pudessem comê-las. Porém, acabaram bebendo tanta água que suas barrigas arrebentaram e eles morreram antes de poder comer as peles.

ESTE É O EXEMPLO de quem tem pouco juízo e faz o que não deve.

## UM LOBO, UM LEITÃO E UM LEÃO

Um lobo certa vez caçou um pequeno leitão e, quando o levava para devorá-lo, topou com um leão, que lhe tomou o leitão. O lobo pensou: "Fico espantado de imaginar como seria possível manter algo que tomei à força".

**EIS O SENTIDO:**
O bem injustamente conquistado não se mantém nas mãos de quem o conquistou.

## UM ESPINHEIRO E UM JARDINEIRO

Um espinheiro disse certa vez ao jardineiro: "Se eu tivesse quem se preocupasse comigo, me fizesse justiça no meio do jardim, me regasse e cuidasse de mim, os reis apreciariam muito contemplar as minhas flores e frutos". Então o jardineiro o colocou no meio do jardim, na melhor parte do solo, e passou a regá-lo duas vezes por dia. O espinheiro cresceu, seus espinhos se fortaleceram e seus galhos se multiplicaram, estendendo-se sobre as demais árvores à sua volta, que secaram. As raízes do espinheiro encheram o solo e ocuparam todo o jardim. Eram tantos os seus espinhos que já ninguém conseguia chegar perto dele.

**ESTE É O EXEMPLO** de quem se avizinha de um homem maligno, que, quanto mais é bem tratado, mais aumentam sua maldade e sua ingratidão.

## UMA VESPA E UMA ABELHA

Certa vez, uma vespa disse a uma abelha: "Se você me levasse e me deixasse acompanhá-la, eu faria mel como você e até mais". A abelha a atendeu, mas, como a vespa não conseguiu cumprir aquilo que dissera, a abelha lhe deu uma ferroada. Enquanto morria, a vespa pensou: "Bem que mereci o mal que me atingiu, pois, incapaz de produzir até mesmo alcatrão, por que é que fui me meter a produzir mel?".

ESTE É O EXEMPLO de quem se adorna com o que não é seu e alega poder fazer tudo quanto lhe pareça conveniente.

## UM MENINO QUE SE AFOGAVA

Certa vez, um menino que não sabia nadar se atirou num rio. Começou a se afogar e pediu socorro a um homem que passava por ali. O homem virou-se para ele e se pôs a repreendê-lo por ter entrado no rio. O menino disse: "Meu senhor, primeiro me salve da morte e depois me repreenda!".

**EIS O SENTIDO:**
Não é correto repreender as pessoas que estão em dificuldades, pois nesse caso a repreensão será descabida.

## UMA POMBA E
## UMA IMAGEM DE ÁGUA

Certa vez, uma pomba teve sede e começou a voejar à procura de água. Viu então, desenhada numa parede, a imagem de uma fonte com muita água. Voou depressa até ela, estatelou-se contra a parede e seu papo estourou. A pomba pensou: "Ai de mim! Sou uma pobre infeliz, pois, indo rápido à procura da água, destruí a minha vida".

**EIS O SENTIDO:**
Refletir sobre as coisas e certificar-se delas é melhor do que meter-se nelas com rapidez.

# UM MENINO E UM ESCORPIÃO

Certa vez, um menino que caçava ratos viu um escorpião e, supondo ser um rato, estendeu a mão para pegá-lo, mas logo recolheu a mão e se afastou dele. O escorpião então disse: "Ora, se você me pegasse com a sua mão, teria renunciado à caça de ratos!".

**EIS O SENTIDO:**

O bom costume do ser humano é distinguir o bem do mal e entender as diferentes questões uma a uma.

### UM GATO E UMA LIMA

Certa vez, um gato entrou na oficina de um ferreiro e, encontrando no chão uma lima, pôs-se a lambê-la, e sua língua começou a sangrar. O gato engolia o sangue supondo que aquele sabor fosse da lima, até que sua língua se partiu e ele morreu.

**EIS O SENTIDO:**

Quem gasta seu dinheiro sem necessidade nem cálculos perderá tudo sem perceber.

## O FERREIRO E O CACHORRO

Era uma vez um ferreiro que tinha um cachorro, o qual permanecia dormindo enquanto o ferreiro trabalhava. Quando ele parava de trabalhar e ia se sentar com os seus amigos para comer pão, o cachorro acordava. O ferreiro lhe disse: "Seu cachorro imprestável! Por que será que você não acorda com o barulho das marteladas, que fazem até o solo tremer, enquanto o leve som da mastigação faz você acordar assim que o escuta?".

ESTE É O EXEMPLO de quem só ouve aquilo que importa para si mesmo, e não dá valor ao que não lhe interessa.

## CACHORROS, UMA PELE DE LEÃO E UMA RAPOSA

Certa vez, alguns cachorros encontraram uma pele de leão e se lançaram sobre ela para roê-la. Ao vê-los, uma raposa lhes disse: "Se ele estivesse vivo, vocês lhe veriam as garras, mais agudas e mais longas do que os seus dentes".

ESTE É O EXEMPLO daqueles que se alegram com a desgraça das pessoas dignas quando a condição destas se fragiliza.

## UM CACHORRO E UM ABUTRE

Certa feita, um cachorro roubou um naco de carne de um abatedouro e correu em direção ao rio, em cujas águas viu o reflexo do naco de carne, bem maior do que o naco que carregava. Largou-o então, e um abutre desceu e agarrou a carne, enquanto o cachorro corria atrás do naco maior, mas nada encontrou. Retornou para pegar a carne que antes carregava, mas também não a encontrou. Pensou então: "A ilusão me fez perder o bom senso, e acabei sem aquilo que eu já tinha por ir atrás daquilo que eu não alcançaria".

ESTE É O EXEMPLO de quem abandona o pouco que tem para ir atrás do muito que não tem.

## UM CACHORRO E UM LOBO

Era uma vez um cachorro que perseguia um lobo. O cachorro estava orgulhoso de sua força, da leveza de sua corrida e da derrota que impunha ao lobo. Subitamente o lobo se voltou para ele e disse: "Não suponha que tenho medo de você. Eu tenho medo é de quem está me perseguindo atrás de você!".

**EIS O SENTIDO:**
O ser humano deve se orgulhar somente daquilo que lhe pertence, e jamais daquilo que não lhe pertence.

## UM CACHORRO E UMA FESTA

Era uma vez um cachorro cujos donos deram uma festa em casa. Ele então foi até o mercado, onde encontrou outro cachorro, ao qual disse: "Hoje nós teremos festa em casa. Vamos para lá festejar juntos!", e foram ambos para casa. O cachorro entrou na cozinha, mas os cozinheiros o viram, e um deles o agarrou pelo rabo, atirando-o dali para fora da casa. O cachorro caiu desmaiado e, quando acordou e se chacoalhou para se livrar do pó, seus companheiros olharam para ele e perguntaram: "Onde você passou o dia? Não estava festejando? Parece que hoje você nem consegue saber qual é o seu caminho!".

**EIS O SENTIDO:**
Muitos trapaceiros são expulsos dos lugares que invadem, não sem antes sofrerem humilhação e desprezo.

## UM CACHORRO E UMA LEBRE

Certa vez, um cachorro perseguiu uma lebre e, quando a alcançou, agarrou-a e mordeu-a. A lebre começou a sangrar, e o cachorro se pôs a lamber o sangue. Então a lebre lhe disse: "Vejo que você me morde como se eu fosse sua inimiga, e me beija como se fosse meu amigo!".

**ESTE É O EXEMPLO** daqueles que, embora tenham a trapaça e a falsidade no coração, fingem compaixão e amor.

## PÉS E VENTRE

Dois pés discutiam com um ventre sobre quem era mais capaz de sustentar o corpo. Os pés disseram: "Nós, com nossa força, carregamos o corpo inteiro". O ventre retrucou: "Se eu não digerisse o alimento, vocês não conseguiriam caminhar, e muito menos carregar o que quer que fosse".

**EIS O SENTIDO:**
Todo aquele que cuida de alguma questão, se não for apoiado por alguém mais elevado e forte, não conseguirá servir nem beneficiar o espírito.

## UMA FUINHA E GALINHAS

Tendo sido informada de que as galinhas haviam adoecido, uma fuinha vestiu uma pele de pavão e foi visitá-las. Quando chegou, disse: "A paz esteja convosco! Como estão passando?". Elas responderam: "Estaremos bem quando não tornarmos a ver a sua cara!".

**ESTE É O EXEMPLO** dos enganadores que, fingindo amor, carregam falsidade e ódio no coração.

## SOL E VENTO

O sol e o vento entraram numa briga sobre qual deles conseguiria fazer o ser humano tirar as roupas. O vento então soprou forte, uma terrível ventania, e o ser humano, diante da força das rajadas de ar, agarrou-se às suas vestimentas, cobrindo-se com elas por todos os lados, e o vento não teve sucesso, apesar da força daquela tormenta. Quando o sol raiou, o dia surgiu, a temperatura se elevou tanto que o ser humano tirou as roupas e as colocou sobre os ombros por causa do calor.

**EIS O SENTIDO:**
Quem tiver humildade e bom caráter conseguirá tudo quanto quiser.

## DOIS GALOS E UMA AVE DE RAPINA

Era uma vez dois galos que brigaram. Um deles fugiu, escondendo-se por algum tempo em certo lugar. Já o galo vitorioso subiu no telhado da casa e se pôs a bater as asas e a cantar, orgulhoso. Foi então avistado por uma ave de rapina, que desceu na direção dele e o agarrou.

**EIS O SENTIDO:**
O ser humano não deve se orgulhar de sua força nem de sua violência.

# NOTAS

1  Traduzida de *O livro dos animais*, de 'Amrū Bin Baḥr Aljāḥiẓ, séc. IX.

2  Ibid. Esta fábula também consta, com redação diversa, de *O livro dos vizires e dos escribas*, de Aljahšiyārī, séc. X, no qual é apresentada como narrativa elaborada por um escriba para explicar os motivos do seu temor ao governante a quem servia.

3  Traduzida de *O livro opulento*, de Almufaḍḍal Bin Salmà, séc. IX; *A pérola opulenta*, de Ḥamza de Iṣfahān, séc. X; e *Delícia dos poderosos e diversão dos airosos*, de Aḥmad Bin 'Arabšāh, séc. XV. A tradução procurou acolher as diferenças entre essas versões, sobretudo na conclusão.

4  Traduzida de *Os ancestrais dos dignitários*, de Aḥmad Albalāḏurī, séc. IX. Interessante notar que se trata de uma fábula utilizada numa carta pelo califa abássida Almanṣūr, morto em 775 d.C., para humilhar um subordinado seu que se rebelara.

5  Traduzida de *A retórica*, de Ibn Sīnā (conhecido no Ocidente como Avicena), séc. X.

6  Traduzida de *Os sete vizires*, ou *O sábio Sindibād*, obra anônima, sécs. IX-X.

7  Traduzida de *Pradarias de ouro e minas de pedras preciosas*, de Almas'ūdī, séc. X. Trata-se do registro de uma fábula utilizada num sermão pelo califa omíada 'Abdulmalik Bin Marwān, no séc. VIII, para ilustrar a inimizade entre o seu clã e a população da cidade de Medina, na Península Arábica.

8  Ibid.

9  Traduzida do supracitado *A pérola opulenta*, de Ḥamza de Iṣfahān, séc. X.

10  Ibid.

11  Ibid.

12  Ibid.

13 Traduzida de *O rastreador*, de Abū Al'alā' Alma'arrī, séc. XI, obra perdida, recolhida em *A técnica da produção retórica*, de Alkalā'ī, séc. XIII.

14 Ibid.

15 Ibid.

16 Traduzida de *Perspicácias e tesouros*, de Abū Ḥayyān Attawḥīdī, sécs. XI-XII.

17 Ibid.

18 Ibid.

19 Ibid.

20 Ibid.

21 Traduzida de *Palestras de letrados*, de Arrāġib de Iṣfahān, sécs. XI-XII.

22 Ibid.

23 Idem, ibidem. Todas as cidades aí citadas situam-se na Pérsia.

24 Ibid. Existem versões desta fábula em que a afirmação é atribuída ao filósofo grego Sócrates.

25 Ibid.

26 Traduzida de *O livro dos inteligentes*, de Ibn Aljawzī, séc. XII.

27 Ibid.

28 Ibid.

29 Ibid. Nesta fábula, o compilador observa que o provérbio se aplica a certos recitadores do Alcorão, cuja ignorância deixaria os crentes em dúvida quanto à fé.

30 Ibid.

31 Ibid.

32 Ibid.

33 Ibid. Esta fábula consta também do supracitado livro *A pérola opulenta*, de Ḥamza de Iṣfahān, mas ali a oferta da hiena é diferente: "Ou a devoro, ou a mato".

**34** Traduzida de *O livro dos estúpidos e dos imbecis*, de Ibn Aljawzī, séc. XII.

**35** Traduzida de *O livro espantoso*, de Ibn Aljawzī, séc. XII.

**36** Traduzida de *Explanação sobre as Maqāmas de Ḥarīrī*, de Aḥmad Aššarīšī, sécs. XII-XIII.

**37** Traduzida de *O manto recamado*, de Ibn Al'abbār, séc. XIII.

**38** Traduzida de *História resumida das nações*, de Gregorius Abū Alfaraj Ibn Al'ibrī, séc. XIII.

**39** Traduzida de *O grande livro sobre a vida dos animais*, de Kamāluddīn Addamīrī, séc. XIV.

**40** Traduzida de *Belos recortes de curiosas artes*, de Al'ibšīhī, sécs. XIV-XV.

**41** Ibid.

**42** Ibid.

**43** Traduzida de *Histórias curiosas*, de Alqalyūbī, séc. XVII.

**44** Ibid. Esta fábula também consta, bem mais curta e sem as fórmulas religiosas, em várias configurações do *Livro das mil e uma noites*. Decerto circulavam muitas histórias assemelhadas, e provavelmente o seu mote deflagrador foi a seguinte sentença contida no fabulário *Kalīla e Dimna*, de Ibn Almuqaffaᶜ (m. c. 759 d.C.): "Evita os iníquos, ainda que sejam teus parentes, pois quem for assim estará na mesma situação da cobra que alguém recolhe e limpa, mas da qual só pode esperar picada" (Kalīla e Dimna. São Paulo: Martins Fontes, 2005, p. 89. Selo Martins.).

**45** As fábulas numeradas de 45 a 54 constam de um manuscrito árabe antigo, mas sem data, e foram publicadas em 1989 pelo orientalista germânico Franz Rosenthal (1914-2003) e mais tarde republicadas pelo eminente historiador e crítico palestino Iḥsān 'Abbās (1920-2003) em seu livro *Aspectos gregos na literatura árabe* (2. ed., Beirute, 1993), cuja edição serviu de referência e base para a tradução.

**46** Dito atribuído a Muḥammad Bin Idrīs Aššāfi (767-820 d.C.), um dos quatro principais jurisconsultos do islã, fundador de uma das mais destacadas escolas de direito dessa religião.

**47** Nesta fábula, uma evidente (e irremediável) lacuna durante o processo de cópia tornou o sentido um tanto quanto obscuro.

**48** Traduzidas das folhas 132 v.-144 r. do manuscrito "Arabe 175", do ano de 1299 d.c., depositado na Biblioteca Nacional da França, com apoio nos manuscritos "Arabe 6232", também da BNF, copiado em 1803 por Mīḫā'īl Šabbāġ, e do manuscrito "Arabe 6705", da mesma BNF, copiado na Europa, possivelmente dentro da própria BNF, entre o final do séc. XVIII e o início do XIX, por um escriba que não assinou o trabalho. Note-se que é possível encontrar uma ou outra das fábulas aqui traduzidas em algumas compilações árabes, mas apresentadas de forma independente, isto é, sem associação às outras fábulas atribuídas à rubrica "Luqmān".

**49** Esta é a única das narrativas de Luqmān que não apresenta o epimítio (ou a "moral da história" — literalmente, "eis o sentido") em nenhuma das fontes.

**50** A presente fábula aparece em mais de uma fonte como resposta do poeta grego Homero a uma provocação de Hiparco, que se gabou de produzir sua abundante poesia com rapidez, acusando Homero de produzir pouco e lentamente. A fábula, que teria sido a resposta de Homero, encaixa-se no gênero retórico árabe denominado *al'ajwiba almuskita*, ou seja, "as respostas emudecedoras", quase equivalente à moderna "lacração".

## Os múltiplos usos da fábula árabe

Gênero milenar e universal, cultivado por praticamente todos os povos do mundo, e por autores das mais distintas tendências — de Don Juan Manuel a Olga Tokarczuk, de Apuleio a Trótski, de Buda a Akutagawa, de Cervantes a Hermann Hesse, de George Orwell a Italo Calvino, passando pelos brasileiros José de Alencar, Machado de Assis, Lima Barreto, Guimarães Rosa, Clarice Lispector, Millôr Fernandes e Chico Buarque, entre tantos outros —, as fábulas também fazem parte da tradição narrativa árabe desde os mais antigos registros escritos dessa cultura. Por fábula quer-se dizer aqui — em sentido bastante amplo e fazendo *tabula rasa* da imensa bibliografia a respeito do conceito — a narrativa na qual se representam seres irracionais e inanimados agindo e falando como se humanos fossem. A trama semântica para referir esse gênero é bastante ampla na língua árabe: de um lado, com conotação negativa, temos o termo *ḫurāfa*, que, do ponto de vista etimológico, remontaria a um personagem com esse nome, um homem que contou ao próprio profeta Maomé pelo menos uma história absurda, embora aceitável segundo os parâmetros em que é apresentada; sua melhor tradução, em termos modernos, seria "história mistificadora", e é justamente um verbo derivado de *ḫurāfa (tuḫarrifuhu,* "enganar alguém contando-lhe histórias mentirosas") que o historiador e livreiro bagdali Annadīm, morto em finais do século x, emprega para descrever o que uma rainha contadora de histórias faz com o marido no livro persa *Hazār Afsān*, isto é, *Mil... ḫurāfas*, ancestral longínquo e perdido das *Mil e uma noites*. Outra palavra para o gênero — esta com sentido negativo no Alcorão — é *usṭūra*, cujo significado corresponde, mais propriamente, a "lenda" e se associa a "crença falsa". Além dessas duas, existe também *maṯal,* palavra com rica história não só em árabe, mas também em toda a gama das línguas semíticas, e cujo sentido vai desde "provérbio" até "narrativa", passando por "exemplo", tal como se usou na tradição latina. As demais expressões são mais usuais e semanticamente próximas: *qiṣṣa, ḥikāya, ḥadīṯ, riwāya*, todas cognatas de verbos com o sentido de falar, narrar e contar. A primeira, seguida do adjetivo "curta", se usa nos dias atuais para "conto", e a última, para "romance". *Ḫabar*, "notícia" ou "crônica", também é termo que fez fortuna no terreno ficcional, conquanto tenha se fixado cada vez mais no terreno factual, associado a *tārīḫ*, "história". E, por fim, seria interessante não esquecer de *nādira*, "anedota", "historieta curiosa", muito embora tal termo sirva para um amplo espectro de narrativas, e, mais do que caracterizar um gênero, caracteriza a posição de dada narrativa no interior de uma obra.

Em geral, o uso da fábula na cultura árabe não discrepa do que se verifica nas demais culturas antigas: moralizante na superfície, alegórico em potencial, com todos os perigos e aberturas implicados pela exegese alegórica, e afetadamente gnômico. Entre os letrados árabes e muçulmanos, criou-se ou deu-se maior destaque a outra finalidade: a anedótico-ilustrativa, qual seja, o seu uso, em obras de diversa índole, como ponto de descanso. A ideia, em linhas gerais, era usar a fábula (e não só ela) como narrativa intercalada, com o propósito central de funcionar como uma espécie de recreio em meio a uma exposição que poderia tornar-se demasiado árida.

Apesar de muitíssimo disseminadas, as fábulas têm, nas antigas letras árabes, poucas obras dedicadas com exclusividade a elas. A compilação mais célebre de narrativas em árabe, o *Livro das mil e uma noites*, contém, em termos relativos, poucas fábulas, muitas das quais, aliás, só foram nele incluídas em período algo tardio. Outra obra árabe, mais antiga e, por ser a primeira ocorrência, fundacional em mais de um sentido, é o *Livro de Kalīla e Dimna*, ela sim um fabulário na acepção da palavra, que apresenta, entre outras, duas características notáveis: primeiro, é adaptação de obra estrangeira, produzida em sânscrito e refundida em pahlevi, o que realça a universalidade do gênero, e, segundo, amalgama o caráter didático-moralizante que costuma ser associado às fábulas ao comportamento cortesão, dando ao gênero uma inserção abertamente política e inaugurando um caminho que será mais tarde trilhado por obras que o tomaram como modelo e referência, e das quais as mais significativas são *O leão e o chacal mergulhador*, escrita por volta do século XII, sem autoria definida, cuja tradução brasileira foi publicada em 2009, e *Alicerce da política e tesouro da experiência*, do jurisconsulto e político egípcio Jamāluddīn Alqifṭī, morto em 1248, só recentemente publicada em livro e ainda não traduzida para nenhuma língua.

Mas *Kalīla e Dimna* e *O leão e o chacal mergulhador* podem ser consideradas casos singulares, ao lado das *Fábulas e máximas de Luqmān*, sobre as quais se discorrerá adiante. Não existem outras obras, pelo menos que tenham chegado aos dias de hoje, que se ocupem exclusivamente de fábulas. Mesmo num título como *O livro do tigre e do raposo*, de Sahl Bin Hārūn (758-830 d.C.), cujo modelo declarado é *Kalīla e Dimna*, o gênero de certa forma é degradado, uma vez que a fábula, na condição de dramatização de ações de animais que funcionam como metáfora dos procedimentos humanos, é submetida a uma drástica redução, cedendo espaço a infindáveis elaborações conceituais que caberiam melhor num tratado político-filosófico. Existem, ademais, títulos que podem enganar, como a sátira *O relinchador e o zurrador*, de Abū Al'alā' Alma'arrī, grande poeta e letrado, cego, morto no século XI, ou o belo tratado sufi *O desvelamento dos segredos acerca da sabedoria das aves e das flores*, do místico 'Izzuddīn Almaqdisī, do século XIII, mas nenhum desses dois pode ser considerado, em sentido estrito, um "fabulário".

Também é necessário mencionar, nesta breve exposição, a posição verdadeiramente singular ocupada pela longa fábula contida nos tratados de cunho neopitagórico escritos em meados do século X d.C. por um grupo filosófico da cidade de Basra, no Iraque, conhecido como *'Iḫwān Aṣṣafā'*, ou "Irmãos da Pureza". Um desses tratados dramatiza o debate travado em certa ilha governada pelo rei dos gênios, o sábio Bayrāst, entre os animais e os homens diante do rei. Esse debate, deflagrado pela revolta dos animais contra os maus-tratos e a exploração a que os submetiam os seres humanos, é mediado pelo rei, e nele, tanto homens como as diversas espécies de animais tomam a palavra e formulam as suas queixas. Trata-se de um longo texto, pioneiro no que hoje se convencionou chamar de "defesa dos direitos dos animais", cuja base é a própria filosofia esotérica do grupo que o produziu. A maneira como a discussão se dá, todavia, manteve esse belíssimo texto numa situação à parte, conforme se disse.

O genuíno fundador dos fabulários na cultura árabe é o *Livro de Kalīla e Dimna*, no qual se inaugura um modo de operar com as fábulas que pode ser chamado de estruturante: sua sucessividade deixa de ser aleatória, sustentando-se à base de encaixes, em que uma nasce da outra e lhe serve de explicação e ilustração, e produz um quadro geral de inter-relação temática que, na prática, refunda o uso do gênero e relativiza a independência das partes para subordiná-las à coerência do todo. Se a circulação das fábulas em suas principais fontes foi tão limitada do ponto de vista da quantidade de obras a elas exclusivamente dedicadas, onde se verificaria, então, a sua decantada massividade nessa cultura, na qual o ato de narrar parece cumprir o preceito barthesiano da inesgotabilidade? A resposta não poderia ser outra: elas se encontram espalhadas, como se diz em árabe, nas entranhas de muitíssimas obras, cumprindo algumas das missões para as quais foram destinadas pelos letrados dessa língua: ilustrar e divertir. Daí que as recolhas para tradução exijam, necessariamente, que se compulsem textos de variado gênero, para neles buscar as fábulas eventualmente espalhadas aqui e acolá. Tal circunstância lhes confere grande maleabilidade, fazendo-as deslizar de um tom a outro sem que haja estranhamento algum nos usos que eventualmente lhes foram dados.

Lugar à parte nas letras árabes, e até certo ponto marginal, ocupam as supramencionadas *Fábulas e máximas de Luqmān*, que, paradoxalmente, adquiriram grande importância e prestígio entre os orientalistas europeus no século xix. Atribuídas a um sábio envolto pela lenda, do qual a crítica tem se ocupado em vão, tais fábulas tiveram circulação escrita muito restrita em árabe. Embora o nome, ou a autoridade, à qual estão vinculadas seja muito citado na cultura árabe e muçulmana, desde o Alcorão, e os seus sermões e discursos tenham sido compilados, as fábulas de Luqmān propriamente ditas não são referidas por nenhum autor de monta, e, mesmo entre os bibliófilos que registraram a história da produção escrita em árabe, desde o mencionado bagdali Annadīm, do século x, ao turco Ḥājjī Ḥalīfa, do século xvii, ninguém faz referência a elas. Conquanto seja citado no Alcorão (do qual um dos capítulos, o 31, carrega o seu nome) e em historiadores antigos, o fato é que existe mais de um personagem com o nome de Luqmān. O das fábulas teria sido um escravo negro, mais precisamente da Núbia, no Alto Egito, o qual a crítica moderna associa, de um lado, a

Esopo, e, de outro, ao sábio assírio Aḥīqār, ministro do rei Senaqueribe, que governou entre 705 e 681 a.C.

Até aqui, entretanto, os documentos disponíveis evidenciam que se trata de textos originalmente escritos no Egito, no final do século XIII, e parecem ter sido obra de cristãos egípcios arabizados. Seu manuscrito mais antigo é de 1299 d.C., e foi copiado no Egito por ordem de uma autoridade da Igreja Copta, o arconte Barṣūmā, juntamente com um tratado ético — o *Livro para afastar as preocupações* — atribuído a Iliyā Baršīnāyā (975-1046), bispo nestoriano de Níssibe (Nuṣaybīn), na Ásia Menor. Nesse manuscrito, no qual ocupam a parte final, funcionando como uma espécie de complemento didático-moralizante ao texto que as antecede, as fábulas de Luqmān apresentam acentuada semelhança estrutural e temática, conforme se aludiu, com várias das fábulas atribuídas a Esopo e ditos sapienciais de Aḥīqār, destacando-se a inefável utilização do epimítio, isto é, daquilo que se convencionou chamar de "moral da história", que para muitos não passa de uma tentativa de controlar as infinitas (e portanto incontroláveis) possibilidades interpretativas da fábula, em cuja narrativa, como bem sabe o senso comum, animais mimetizam procedimentos humanos com o propósito de expô-los à crítica e à reflexão, ou apenas divertir ouvintes e leitores. Ao contrário do que se possa inadvertidamente supor, o uso do epimítio (e o seu inevitável corolário, a malfadada e hoje bolorenta "moral da estória") não era comum nas letras árabes.

## A TRADUÇÃO E SUAS FONTES

Na presente edição, como que para confirmar a genial hipótese borgesiana do "temor semítico" aos números pares, foram traduzidas 91 fábulas árabes, isto é, todas quantas foi possível localizar, excetuadas as constantes do *Livro das mil e uma noites*, que foram por nós traduzidas à parte num anexo ao quinto volume da obra. Tendo em vista a breve exposição anterior, optou-se por dividi-las em dois blocos, com base em seu funcionamento no interior de uma determinada estrutura narrativa, ou seja, conforme o critério da forma e função, e não do conteúdo. Assim, pensou-se basicamente em dois modos segundo os quais as fábulas operam, e que serão explicitados a seguir.

Ao primeiro bloco, que contém 54 fábulas, deu-se o nome de "fábulas espalhadas por obras diversas", porque, efetivamente, elas se encontram distribuídas de modo mais ou menos arbitrário (embora não gratuito) no interior de textos de variado gênero, reunidas pelas mãos de inúmeros autores, o que não significa que sejam elaboração deles próprios, sendo mais provável que eles as tenham recolhido a partir de fontes orais ou de fontes manuscritas mais antigas. Destarte, por exemplo, uma fábula traduzida de um livro do século XIV não pertence necessariamente a esse período, podendo ser uma elaboração anterior que, após ter circulado oralmente por séculos, só foi registrada por escrito em momento bem mais tardio. Entre os que recolheram fábulas, com os mais variados propósitos, encontram-se gramáticos, como Aššarīšī; estudiosos de retórica, como Alkalā'ī; filósofos, como Avicena (Ibn Sīnā); historiadores, como Albalāḏurī; polímatas, como Aljāḥiẓ; zoólogos, como Addamīrī; pregadores muçulmanos, como Ibn Aljawzī; teólogos cristãos, como Ibn Al'ibrī; letrados compiladores de anedotas, como Alqalyūbī, e poetas, como Alma'arrī. Ressalte-se que nenhum deles produziu ou coletou uma obra especificamente voltada para as fábulas; na realidade, todos eles as utilizam para ilustrar determinados pontos de vista, ou então para desanuviar o espírito do leitor ou ouvinte enquanto tratam de assuntos mais difíceis ou áridos, num procedimento, aliás, comum nas letras em língua árabe, previsto que estava em suas regras retóricas. Também se traduziram nesta primeira parte dez fábulas constantes da edição impressa de um manuscrito anônimo e sem datação pertencente ao arabista teutônico Franz Rosenthal, no qual foram compiladas algumas fábulas de origem incerta, mas sem sombra de dúvida antigas. As fontes tiveram necessariamente de ser muitas, em virtude da citada diversidade, mas em todos os casos empregaram-se edições confiáveis.

Já ao segundo bloco, que contém 37 fábulas, deu-se o nome de "fábulas encadeadas e independentes", por seguirem uma sequência tradicional, aparentemente neutra, que permite intercâmbio de posições (como, aliás, ocorre num de seus manuscritos), sem prejuízo perceptível para o sentido. As fábulas de Luqmān — com exceção de uma pouco confiável edição feita pelos padres dominicanos de Mossul, no

Iraque, em 1873 — jamais mereceram grande atenção editorial no mundo árabe, sendo apenas publicadas de forma esparsa aqui e acolá, muito embora na Europa, ou mais especificamente na França, elas tenham sido objeto de pelo menos quatro edições no século XIX, por iniciativa de orientalistas interessados em utilizá-las como apoio no ensino da língua árabe, o que parece um tanto ou quanto despropositado, pois seus recursos linguísticos, na verdade, são bem parcos, com escassa utilização das possibilidades estéticas e sintáticas do árabe. É interessante, ainda, observar que, nos títulos tardiamente dados a cada uma das fábulas de Luqmān, as palavras levam marca de indefinição ou indeterminação (equivalente ao uso do artigo indefinido em português), o que nos levou a traduzi-las literalmente, "Um leão e dois touros"; "Um antílope", "Um leão, um camundongo e uma raposa" etc. Ainda que pouco usual em português, essa indeterminação (não "o animal X", mas "um animal X") tem reverberações interessantes no sentido que se pretendeu imprimir à narrativa. Para a tradução, considerou-se preferível lançar mão dos três manuscritos das fábulas, um de 1299 d.C. e outros dois de finais do século XVIII ou início do XIX, pois as fontes impressas são precárias.

Como observação final, é adequado acrescentar que a grande maioria das fábulas constantes desta coletânea ainda não havia sido traduzida no Brasil. ●

São Paulo, março de 2021

157

**MAMEDE JAROUCHE**

Nasceu em Osasco, São Paulo, e desde 1992 é professor de língua e literatura árabe na USP, onde se bacharelou em 1988, obteve o título de doutor em 1997, de livre-docente em 2009 e, finalmente, o de professor titular em 2017. Estudou e/ou trabalhou na Arábia Saudita, no Iraque, na Líbia e no Egito. Para a Globo, traduziu, anotou e prefaciou, além dos cinco volumes do *Livro das mil e uma noites* (2005-2021), as *Histórias para ler sem pressa* e *O leão e o chacal Mergulhador.*

 **SANDRA JÁVERA**

Nasceu em São Paulo, em 1985, e começou a ilustrar histórias em 2011, ano em que se graduou em arquitetura. Pouco depois foi morar em Nova Iorque, onde experimenou outras formas de desenhar – em papel, placas de cobre ou argila. Ilustra livros e colabora com revistas e jornais, tais como a *Folha de S. Paulo* e *Le Monde Diplomatique*. Participou de exposições coletivas no Instituto Tomie Ohtake (Prêmio EDP nas Artes 2011), na Casa Samambaia (2015) e na Lazy Susan Gallery (2016 e 2017). Desde 2020 vive em Huesca, Espanha e, além do trabalho de desenho, dá *workshops* de cerâmica e ilustração.

Este livro foi composto
no Estúdio Entrelinha Design
com as tipografias Absara
e LinotypePideNashi,
impresso na gráfica BMF
em papel pólen soft 80g,
em outubro de 2021.